***Jacques Pince** a quitté son Ariège natale au gré des mutations de l'Éducation nationale. Arrivé dans l'Allier en 1970, il n'en est jamais reparti, tombé sous le charme du Bourbonnais. À côté de sa carrière de professeur puis de proviseur, il s'est engagé dans la protection du patrimoine architectural.*

# Les Blouses grises

## Du même auteur

*Les Premiers Sillons*, collection « Romans et récits du terroir », éditions De Borée.
*Tustou et Marie,* collection « Romans et récits du terroir », éditions De Borée.
*Guillaume le Faydit,* éditions CREER.


Diffusion : De Borée
53, rue Fernand-Forest - 63540 Romagnat
Achevé d'imprimer dans l'U.E. en septembre 2004
Dépôt légal 3e trimestre 2004
ISBN 2-84494-258-X

Jacques Pince

# Les Blouses grises

De Borée

*à Pimpel, Piffard, la Taupe, le Peter et mes autres complices*

*à Ginette, Paulette, Thérèse... passagères de mes quinze ans*

*à l'Œuf, le Mammouth, Colco et Dubic à qui je dois tant*

*et au « Merle » ou Maxou trop vite disparus...*

# I

## La convocation au « cabinet » du Patron

Michel Roux jouait aux osselets, assis avec Delpech sur les marches du gymnase, lorsque passa Birebent, dit « Piffard » à cause de son grand nez.

« Dis donc Roux, je viens de voir un pion ; il te cherche car il paraît que tu es convoqué chez le Patron ! »

Roux, qui avait la main à cet instant, rata la réception de la « mère » et perdit par la même occasion ses vingt dernières billes qui étaient en jeu.

Birebent ramassa la mise et demanda :

« Qu'est-ce que tu as fait ? »

Roux, surtout préoccupé de voir disparaître dans le sac à billes de son copain ses belles agates, répondit un peu énervé :

« J'en sais rien mon vieux. »

En fait, Michel Roux, élève de troisième, interne au collège de Saviers, ne savait pas trop pour quelle ânerie il avait droit à une convocation « au bureau », comme on disait lorsque l'un des élèves allait chez le principal.

La confiture sur la chaise du pion en étude la semaine dernière c'était lui, mais personne ne l'avait vu et il n'en avait pas parlé aux copains ; les lits en portefeuille au dortoir, c'était encore avant et puis ce n'était pas si grave ; le lâcher de chauves-souris dans la salle de « Ristou » le prof d'anglais, c'était le mois dernier et Ristou n'avait sans doute rien dit au principal car « il ne portait jamais le pet », réglant seul ses affaires.

Michel, ainsi qu'un certain nombre d'internes, faisait preuve d'invention pour occuper les récréations et souvent les longs dimanches de retenue. Les bêtises succédaient aux bêtises, jamais violentes ou destructrices, visant l'équipe professorale ou les répétiteurs, ces trois ratés qui survivaient comme pions à près de cinquante ans, vengeant leurs échecs passés sur les élèves par leurs comportements imbéciles, leurs marottes et leur injustice.

Le premier, Rouvieu, dit « le Cric » par dérision lui qui, maigre et rachitique, se tenait toujours droit comme un I pour en imposer, que les caricatures dessinées sur les murs ou les tableaux des classes représentaient en slip, le corps démesurément musclé comme un de ces athlètes spécialistes de culturisme que tous admiraient sur les revues qui circulaient en étude.

Ensuite, il y avait Gustin, homme emporté et souvent violent, le vieux garçon dont on était à peu près sûr qu'il gardait le même mouchoir de la rentrée d'octobre à fin juin, mouchoir qu'il sortait parfois en pleine étude pour cracher dedans de gros mollards, se tournant un peu sur le côté comme pour cacher son geste.

Enfin, le troisième, « le Craspec » !

Justement, c'était lui qui cherchait Michel, lequel se fit tout petit derrière un pilier. Mais il avait été repéré. Le Craspec approchait, toujours vêtu du même costume gris élimé, les doigts jaunis par les nombreuses cigarettes qu'il fumait à la suite ; en outre, il sentait mauvais et son surnom n'était pas surfait, surtout pour ceux qui allaient à son bureau pendant les études, essayer, avec suspicion quant au résultat car en fait il était nul, de se faire expliquer le sens d'une phrase latine.

« Roux ! chez le principal, et vite ! »

Le ton était presque triomphant. Le Craspec se savait raillé, méprisé, aussi tout ce qui pouvait entraîner la punition d'un élève semblait être pour lui source de bonheur.

Le slogan était « Craspec tu pues » que l'on trouvait inscrit sur les tables, là où de tous temps les élèves ont épanché leur colère, leurs espoirs, gravant ou écrivant des messages que pendant les grandes vacances le mari de « Vigilante » la concierge s'efforçait d'effacer à grands coups d'éponge, de brosse et d'eau de Javel.

De plus, ce qui paraissait rendre heureux le Craspec, c'était que cette fois-ci l'élève appelé au bureau était précisément Roux qu'il n'aimait pas et qui allait passer ses prochains dimanches consigné — trois ou quatre étant le tarif habituel de la visite chez le Patron.

Craspec le soupçonnait de diverses farces à son encontre sans jamais avoir pu rien prouver et cette convocation le satisfaisait au plus haut point.

« Tu feras attention à sa gauche ! »

Birebent, goguenard, rappelait à Michel que le Patron avait la main lourde.

Pourtant, cet homme petit, un peu grassouillet, ne paraissait pas dangereux avec ses mains potelées presque féminines mais qui arrivaient à moitié fermées sur la figure de l'impudent qui n'avait pas eu le temps de se protéger de ses bras, le faisant vaciller sous le choc. Plus d'un était ressorti du bureau à moitié assommé, Delpech même passant plusieurs jours sans pouvoir mastiquer tant il avait mal du côté de l'oreille. Il avait bien fait attention et avait attendu la main droite, mais c'était la gauche qui était partie sans prévenir, le cueillant à froid...

## La convocation au « cabinet » du Patron

« Tu feras attention à sa GAUCHE ! » : Michel avait encore ces mots à l'esprit lorsqu'il s'assit dans le couloir des bureaux, attendant d'être introduit dans celui du principal.

Il n'eut pas envie de rire en regardant anxieux la plaque émaillée « Cabinet du Principal » sur laquelle maintes fois avait été subrepticement ajouté un « s » à cabinet, mais essaya de croiser le regard de la secrétaire comme pour y trouver une indication sur la gravité de son cas.

Le couloir sentait le moisi, la cigarette froide. L'endroit était sinistre avec ses dossiers cartonnés sur des étagères alignées contre le mur, ses deux armoires noires en fer, la rangée de chaises destinées aux visiteurs et le lumignon maigrelet pendant au bout d'un fil torsadé ; tout un décor froid et pisseux, sans compter ces lames de parquet tachées que les élèves en corvée régulière venaient entretenir à tour de rôle.

Car le principal était à son compte, « marchand de soupe » comme on disait. Il était fonctionnaire pour tout ce qui touchait à l'enseignement, gestionnaire pour le service de bouche et d'hébergement et propriétaire des matériels de restauration et d'internat.

On avait appris que les mandats de paiement des frais d'hébergement étaient versés sur le même CCP que celui sur lequel il recevait son propre salaire.

Donc, propriétaire du matériel de cuisine, des couverts et plats, des lits et armoires du dortoir... il gérait en fait une véritable entreprise et les élèves en équipes assuraient le service d'entretien des parties du bâtiment où se trouvait l'internat. À cet effet des listes étaient affichées à l'entrée des dortoirs, des couloirs et des escaliers ; on était en semaine A ou en semaine B. Au second étage, ces affiches étaient apposées sur les portes des placards à balais : on lisait et on prenait le balai dans la foulée.

« Marchand de soupe », lésinant sur les achats de denrées, l'entretien, le nombre d'employés, il semblait parfois que pour lui les activités d'enseignement soient accessoires.

Aussi, lors des deux jours précédant la rentrée d'octobre, on voyait arriver les élèves apportant leurs propres matelas, couvertures, traversins, ceci afin d'éviter au Patron les frais de nettoyage, d'entretien et de renouvellement dont il ne voulait pas. Trop cher, trop de « perte ».

Derrière le bâtiment administratif se trouvait le jardin potager cultivé par le mari de la concierge ; il fournissait pour les cuisines tout un complément en légumes et fruits, en particulier ces petites pommes rousses acides que la plupart des élèves délaissaient mais qui n'étaient pas jetées puisqu'elles repartaient pour la cabane du cochon élevé sur place avec les eaux grasses. Ce dernier serait tué en juin et servirait dès la rentrée pour donner un peu de goût et de couleur à la soupe du soir des internes.

Cette soupe, d'ailleurs, était déjà servie lors de l'entrée des élèves au réfectoire. Les assiettes pleines, il fallait l'avaler afin de pouvoir manger le reste du repas, moyen astucieux et radical d'éviter qu'elle soit dédaignée et que l'on se plaigne d'avoir faim si la suite n'était pas suffisante. Les soirs, lorsqu'il y avait eu du bruit dans les rangs avant d'entrer au réfectoire, lorsque le pion imposait comme punition deux minutes d'attente en silence complet dans le noir de la cour, la soupe avait eu le temps de refroidir et son goût en était parfois écœurant quand de gros yeux de graisse figée flottaient à la surface du bouillon.

Le principal ne passait jamais au réfectoire, comme étranger aux menus dont il était responsable. Seul « le Rat », l'économe, venait parfois, mais seulement les jours où — comme par hasard — c'était bon ou moins mauvais et comme disait Destrem « ils vont faire faillite... »

Tel était l'homme que Michel, de plus en plus inquiet au fur et à mesure que le temps passait, allait rencontrer. Brusquement la porte du « cabinet » s'ouvrit. Le Patron, sans un mot, toujours aussi froid et distant, lui fit signe d'entrer.

Michel connaissait l'endroit. C'était la cinquième fois qu'il y venait ; deux fois seul, les trois autres en équipe dont la dernière après un coup collectif dont il était fier : ils avaient failli assommer le Cric. Grâce à un système de fil attaché à la chaise de l'estrade où le pion avait son bureau, ils avaient fait dégringoler un *Gaffiot* — l'énorme dictionnaire de latin — placé en équilibre au-dessus, sur une étagère. En effet, lorsque le Cric avait reculé sa chaise pour s'asseoir, le *Gaffiot* tiré par la ficelle avait basculé, tombant lourdement au sol.

À plusieurs, ils ne risquaient rien. Les baffes, c'était lorsqu'on était seul, sans témoin.

Michel resta donc prudemment devant le bureau lorsque le principal passa derrière pour y prendre une enveloppe posée bien en évidence sur le sous-main. Il la tendit en direction du garçon :

« C'est bien vous qui avez écrit ceci ? »

Michel posa les mains sur le bord du bureau, s'y appuya car il eut comme un étourdissement et une sorte de crampe le prit à l'arrière des genoux. La peur le saisit ; il lui sembla que les choses autour de lui devenaient troubles.

« C'est vous ou ce n'est pas vous ? »

Michel comprit qu'il ne pouvait pas nier avoir envoyé cette lettre à une élève du collège des filles ; le Patron devait tout savoir puisqu'il l'avait convoqué directement...

Les samedis de quinzaine, en fin d'après-midi, avant de prendre le car pour rentrer chez lui à la ferme, il avait une heure d'attente en ville et là, souvent, il y retrouvait Jeanine qui elle aussi empruntait le même moyen de locomotion. Une fois il lui avait offert un soda au café *Chez Belci* ; ils se promenaient en regardant les vitrines. Il avait même, un jour, osé et lui avait pris la main ; il envisageait un dimanche de « petite sortie » pouvoir l'inviter au cinéma.

Ah ! inviter une fille au cinéma, prendre une place au pigeonnier ou à l'un des rangs du fond du parterre... qu'importait le film parfois. Mais si la fille l'acceptait on pouvait espérer, en plus de quelques bécots, laisser un moment sa main sur son corsage ou sur ses genoux. Caresser plus haut c'était rare. Pour ne pas essuyer un refus — peut-être définitif —, on n'essayait même pas, du moins la première fois. Le tout était de trouver celle qui voudrait.

Il avait quinze ans et voyait les grands de terminale revenant de sorties raconter leurs aventures féminines. Il s'était fait prêter *Vu,* le magazine qui circulait en cachette de table en table en étude, sur lequel les femmes nues et les textes salaces aidaient à l'éducation des jeunes esprits.

Tout ce qui était relatif au sexe était tabou pour les adultes et donnait lieu entre élèves à toute une série d'histoires et de découvertes au hasard des conversations ou des lectures. Chacun d'ailleurs ajoutait son propre commentaire ou essayait d'en savoir plus sur ce qui semblait, aux « petits », la préoccupation majeure des « grands ».

Un jour Lapassat, un grand qui jouait les Don Juan, avait demandé à Michel s'il était puceau. Devant son air étonné il avait repris la question différemment : « Alors t'as perdu ton pucelage ? » Michel avait répondu NON, comme ça, machinalement, avant de se renseigner auprès de Dubost son voisin de dortoir : « Eh con ! c'est quand tu baises une fille que tu perds ton pucelage ! »

Il n'avait pas osé réclamer de précisions mais s'était bien demandé ce qu'il pourrait bien perdre à l'occasion de cet événement !

Donc, l'envie venant mais surtout le besoin de « faire le grand », il avait timidement fait quelques approches avec Jeanine, puis avait jugé plus facile de lui écrire. Mais, bêtise suprême, il s'en rendait compte maintenant, au lieu de faire passer la lettre par un copain ayant une sœur au collège des filles, il l'avait postée.

Bien sûr, la surveillante générale avait dû l'intercepter, la lire peut-être... demander à Jeanine de qui il s'agissait... le principal avait été ensuite prévenu.

Une rougeur lui monta aux oreilles. Il se sentit brusquement tout idiot, aurait tout donné pour ne pas être là, pensa un instant que les profs seraient peut-être mis au courant... liraient...

Le principal le sortit de sa torpeur :

« Alors, c'est vous ou ce n'est pas vous ? »

Sans lever les yeux le garçon fit oui de la tête, n'osant pas affronter le regard du principal dans lequel il pensa qu'il verrait l'ironie et la moquerie pour les fadaises que contenait la missive.

« Et ceci, qu'est-ce donc ? »

Le principal avait retourné l'enveloppe. Sur le rabat, bien écrit en majuscules, on lisait : MBBSTBA.

Là pour Michel ce fut le summum de la honte. Qu'allait-il dire ? Trop tard pour inventer une signification plausible, il fallait répondre.

Le principal tendait toujours l'enveloppe pardessus la table comme pour lui faire lire ces lettres qu'il connaissait bien évidemment par cœur, qu'il avait apprises comme bien d'autres choses lors de conversations lorsque circulaient parmi les élèves informations, racontars, vantardises et que, dans son innocence, il avait recopiées sans se douter des conséquences. Il s'entendit, d'une voix machinale et faible, donner le sens de ce message : Mille Bons Baisers Sur Ta Bouche Adorée.

Le principal retourna l'enveloppe, sembla répéter *in petto* la phrase comme pour bien y retrouver les initiales de chaque mot.

Le garçon s'attendait à un grand rire, une moquerie. Le principal resta silencieux. « Fais gaffe à sa gauche » se rappela Michel qui, pour l'instant, était protégé par la largeur du bureau.

« Vous feriez mieux, Roux, de travailler au lieu de perdre votre temps avec ces âneries ! »

Et le principal lui rappela ses dernières notes, les appréciations du bulletin... et puis ce furent des conseils, des menaces, la leçon de morale habituelle, celle à la suite de laquelle on promet — ça ne coûte rien, ça permet de s'en tirer à bon compte —, on fait le gros dos et tant pis si l'amour-propre en prend un coup puisqu'il n'y a pas de témoin à la scène.

Michel n'écoutait pas. Toujours la tête baissée, il regardait par en dessous si le principal allait faire le tour de son bureau. Et, surpris, il entendit ce dernier lui demander de sortir... pas de baffe, pas même l'annonce d'une punition.

Dehors il respira un bon coup et soudain comme soulagé d'un grand poids il partit en courant vers la cour de récréation où deux copains l'attendaient :

« Alors ?

— Oh rien. J'ai écrit à une gonzesse et ils ont piqué la lettre. »

La honte était passée, la peur aussi. Il fallait maintenant profiter de la situation pour jouer son personnage auprès des autres. Cela se dirait : « Tu savais toi que Roux sort avec une fille ? Si mon vieux, je t'assure ; il a même été convoqué chez le Patron pour ça ! »

La semaine s'écoula sans autre nouvelle concernant cette affaire.

Le Cric, qui faisait office d'adjoint au principal, ne fit aucun commentaire. « C'est bon signe, pensa Michel. J'aurai mon bon de sortie pour samedi. » Et bien vite dans le quotidien entre les devoirs bâclés ou copiés, les récréations et ses jeux, les études où le morpion ainsi que la bataille navale avaient plus d'importance que les leçons, il en oublia presque la convocation au bureau.

# II

## Le père Roux

SAMEDI ARRIVA. Un peu inquiet malgré tout, Michel monta au dortoir se changer, remplir de linge sale sa valise de carton puis, dès la fin des cours, vint faire la queue devant le bureau du Cric pour recevoir son bon de sortie.

Il envisageait presque un refus — souvent notifié au dernier moment. En effet, il n'était pas rare qu'un élève, bien récuré, les cheveux enduits de gomina ou encore mouillés pour bien faire tenir la raie, pensait avoir son sésame mais que lui tombait dessus une décision inattendue : « Il n'y a rien pour vous aujourd'hui mon jeune ami ! et ne faites pas l'étonné, je vous ai vu pousser dans les rangs avant-hier. »

Il n'y avait rien à dire, pas d'appel possible. C'était comme ça.

Les souffre-douleur s'y attendaient toujours. On se moquait d'eux : « T'es collé vieux. Tu sais bien que t'as une tête à boucher les tuyaux de poêle ! »

C'était arrivé à Lafay. Le tuyau du poêle de la salle 14 avait été obturé avec un béret que le factotum avait récupéré et une enquête avait permis de retrouver le propriétaire du couvre-chef, ce pauvre Lafay qui jura tout ce qu'il put que ce béret était perdu depuis longtemps. Rien n'y fit et à chaque punition — qu'il collectionnait par ailleurs facilement — lui retombait dessus la réflexion ironique faisant allusion au tuyau bouché.

Alors l'élève repartait dans la cour, sa petite valise à la main, pensant à ses projets dominicaux qui tombaient à l'eau, à son argent de poche terminé, parfois les larmes aux yeux. Le linge ne serait pas lavé, ce n'était pas trop grave. Mais si un colis n'arrivait pas rapidement, les goûters se feraient au pain sec puisque seul du pain était distribué à quatre heures, l'accompagnement étant apporté par les élèves qui possédaient chacun un caisson — petit coffre bien fermé à clef où voisinaient saucisson, pâté, confiture et pommes, selon la saison et les moyens des parents.

La plupart des élèves étaient de jeunes campagnards des villages alentour. En l'absence de transports scolaires et même d'automobile à la maison, l'internat était, pour ceux qui n'arrêtaient pas leurs études après le certif, l'unique moyen de continuer jusqu'au brevet et, pour les plus assidus, jusqu'au bac.

Michel était de ceux-là et à chaque retour de la ferme familiale, en plus de sa petite valise contenant chemises, mouchoirs et autres linges, il était encombré d'un cageot dans lequel sa mère avait préparé l'accompagnement de ses goûters de la quinzaine. Les gars de la campagne étaient ainsi plus gâtés que ceux de la ville mais l'abondance des apports, leur hétérogénéité et la présence de denrées périssables pas toujours entamées les premières — gourmandise obligeait — entraînaient des... désagréments olfactifs certains. Entreposés dans une salle sans aération, alignés sur des rayonnages de bois poisseux et gras au bout de tant d'années de service, les caissons laissaient dès mai exhaler des odeurs mêlées de charcuteries, fruits et fromages ou autres, surtout si l'élève absent quelque temps y laissait pourrir ses réserves.

Alors, lorsqu'il y avait privation de sortie, les parents qui le pouvaient arrivaient le dimanche matin portant du linge propre et de quoi remplir le caisson. La famille s'installait alors au parloir — en fait l'ancienne chapelle — parlant à voix basse si d'autres familles étaient elles aussi présentes. La rencontre avec le jeune était parfois empreinte de froideur. Les reproches et admonestations prenaient le dessus sur l'apitoiement, même lorsque l'élève se déclarait innocent et puni par erreur. Les parents suivaient les décisions du corps enseignant, l'enfant devait obéir à ceux auxquels il avait été confié et souvent, la punition du collège ne faisait que précéder celle qui interviendrait plus tard à la maison si le motif avait été jugé infamant par la famille.

Michel eut donc son « bon » et sortit mais ce soir-là Jeanine n'était pas au départ du car.

La directrice du collège des filles avait été plus sévère que le principal. Michel s'en voulut d'être la cause de cette punition, eut un peu honte sur le moment et se dit aussi qu'il allait sans doute lui falloir trouver une autre copine...

Le car le laissa à un carrefour en pleine campagne ; de là il avait une bonne demi-heure de marche pour rejoindre son village.

Normalement il aurait dû, comme ses copains de la communale, aller jusqu'au certificat d'études puis partir en apprentissage. Son père l'avait prévu et lui avait même réservé une place chez un voisin menuisier, le vieux Duval.

Le « certoch », le « certif », enfin ce diplôme qui signifiait la fin des études, tous s'y préparaient et chaque commune se faisait un honneur d'avoir obtenu les meilleurs résultats. Il était fréquent, souvent plusieurs années après, d'entendre parler d'un ancien élève dont on disait « qu'il avait été reçu premier du canton ». Les instituteurs eux aussi tiraient fierté de ces résultats et l'année de l'examen ils gardaient les futurs candidats après les cours pour des leçons non rétribuées afin de conforter le niveau des plus faibles ; les parents laissaient faire bien qu'une paire de bras supplémentaires, le soir après cinq heures, ait toujours été la bienvenue pour garder les vaches ou aider la mère à la maison.

Michel, lui, ne passerait pas son « certificat ».

Un soir d'avril, l'année de ses onze ans, l'instituteur était venu voir le père Roux à la ferme et l'avait convaincu de laisser Michel entrer en sixième, au collège, car il avait décelé en lui des capacités pour suivre des études jusqu'au bac.

Le mot bac faisait un peu peur à la maison car jusqu'alors, au village, seuls le fils du maquignon et la fille du docteur étaient allés au collège.

Donc, monsieur Labat, assis au bout de la table, ses carnets de notes posés devant lui, mit beaucoup de temps pour convaincre le père, au moins celui de vider trois verres de marc, d'expliquer et d'expliquer encore...

Monsieur Roux n'était pas obtus ou inintelligent, mais il voulait garder son rang, sa place, son statut, ne pas être ridicule et il fit preuve de réticence. Mais la fierté l'emporta.

Michel passa le concours d'entrée en sixième, y gagna par la même occasion les bourses nationales et commença sa carrière de collégien. C'est ainsi qu'il se retrouva, en octobre de la même année, interne au collège de Saviers.

Cet ancien bâtiment conventuel transformé en école avait gardé de son passé monacal le confort spartiate, les murs suintant d'humidité en hiver, les longs couloirs pleins de courants d'air où débouchaient les entrées des salles de classes laborieusement chauffées au poêle à charbon.

Les premiers temps, Michel avait regretté ce départ qui le privait de ses copains de toujours mais il s'en était fait d'autres et avec eux avait découvert le chahut, les farces, l'amusement.

Au village étaient restés les garçons et filles, moins heureux, qui dès quatorze ans, certificat d'études ou non en poche, commençaient un apprentissage ou aidaient à la ferme ; garçons débutant un métier chez un patron ou dans une ferme les pieds dans la boue, houe ou brouette à la main, filles apprenant leur futur rôle de mère ménagère ou assises près d'une grand-mère, cousant, brodant des initiales sur leur trousseau, les plus aisées confectionnant une belle coiffe qu'elles porteraient à la Fête-Dieu...

Michel, tout en marchant, pensait à cela et, approchant du village, voulut passer devant le garage automobile pour voir son copain Ernest qui y était en apprentissage et lui rappeler qu'ils s'étaient promis d'aller aux écrevisses le lendemain matin.

Arrivé près des deux pompes à essence du garage, il entendit des invectives et passant devant le portail de l'atelier vit Ernest recevoir un grand coup de pied dans le cul accompagné de : « Espèce d'abruti, t'as faussé le pas de vis. Qui m'a vu un empoté pareil ! »

Ce n'était pas le moment de se montrer ; il passa donc rapidement et rentra chez lui.

En sortant son linge de la valise, sa mère lui parut froide, presque revêche. Elle l'avait accueilli sans sourire, l'avait embrassé rapidement, inhabituellement...

Il en comprit la raison en voyant sur la table, posée contre le verre de son père, une enveloppe à l'en-tête du collège.

La rouste qu'il n'avait pas prise dans le bureau du principal, c'était pour ce soir, et la ceinture du père Roux était bien plus cinglante que les baffes !

Le père avait le sens du pratique, cette logique paysanne qui veut que ce qui est prévu soit réalisé, que ce qui est juste réussisse, que ce qui amène l'ordre soit respecté. Pétainiste comme beaucoup pendant la guerre, catholique par éducation pour la morale, gaulliste à la Libération et votant ensuite pour le RPF qui lui semblait un parti raisonnable, s'accrochant à des certitudes et des idées reçues, traditionaliste et casanier, il n'admettait pas tout ce qui pouvait troubler une vie tranquille et tout occupée par ses travaux paysans, recommençant année après année les mêmes pratiques, les mêmes cycles immuables, loin des progrès et des avancées techniques qui apparaissaient çà et là dans quelques fermes.

À la maison, il était le maître, celui qui s'asseyait en bout de table, coupait le pain pour tous et tenait son monde dans la crainte et la soumission.

La lettre du principal avait dû être une secousse pour l'homme et la réaction allait être violente !

Michel voyait arriver l'heure du repas avec effroi. Le souvenir de tabassées anciennes revenait et c'est en silence qu'il attendit le moment fatal.

Là encore lorsque son père rentra, rien ne se passa comme il l'avait prévu.

« Michel, nous sommes à Pâques. Si ça ne va pas mieux en classe en juin, tu resteras ici l'an prochain. Il y a du travail pour toi et je ne vais pas nourrir un joli cœur feignant. Et maintenant, pars au lit ! »

Le ton était sec, calme ; le père paraissait déterminé. Il le disait, il le ferait.

Michel s'exécuta donc, un peu marri de voir lui échapper la potée de choux qui sentait si bon sur la cuisinière, lui qui à midi avait dédaigné le boudin-purée servi aux internes comme tous les samedis midi.

Ce soir-là, tard, il ne dormait toujours pas, et sa mère ne passa pas dans sa chambre pour un petit bisou et pour border, un peu machinalement, les couvertures de son lit.

Michel s'était bien amusé depuis son arrivée au collège — quatre ans déjà — sachant toujours rattraper en quelques jours une situation en apparence désespérée en se mettant facilement au niveau ; intelligent et calculateur, il était passé de classe en classe sans difficultés, mais le retard s'accumulait maintenant et l'entrée en seconde devenait aléatoire.

Le coup de pied au cul reçu tout à l'heure par Ernest, en fait, il le ressentit comme un avertissement personnel, une sorte de prémonition de ce qui l'attendait s'il ne faisait pas un effort. Le père Roux tiendrait parole, Michel en était certain, même si cela devait être pour lui plus qu'une déception, une humiliation devant les voisins dont les ambitions pour leur progéniture avaient été plus conformes aux habitudes.

# III

## Une terrible punition

LE LENDEMAIN MATIN vers six heures, une main vint toucher l'épaule de Michel. Il se tourna encore tout engourdi d'un sommeil profond et vit au-dessus de lui la silhouette de sa mère.

« Lève-toi. Ton père t'attend à l'étable. »

Réalisant alors la situation, revoyant la scène de la veille au soir, il comprit aussitôt... Depuis longtemps il avait aidé aux travaux de la ferme, par amusement d'abord vers huit ans puis se prenant au jeu et cherchant à produire un vrai travail. Il lui était arrivé de mener l'attelage de vaches labourer, porter une charretée de fumier ou ramener du champ des pommes de terre fraîchement arrachées et qui, ensachées, devaient être entreposées à la maison. Il faisait alors le fier, debout sur la charrette, un long bâton de coudrier à la main pour guider l'attelage — en réalité les bêtes habituées suivaient d'elles-mêmes le chemin menant au champ. Ensuite, avec son entrée au collège, son volontariat s'était un peu tari et il ne prenait plus que rarement l'initiative d'aller donner un coup de main, sauf lorsque le travail pressait ou que le père le lui commandait.

C'est ce qui se passa ce dimanche-là mais cette fois-ci il connaissait le pourquoi de la demande. Comme une punition, comme pour un avertissement tangible plus probant que des menaces verbales, la tâche qui s'annonçait était le sous-entendu de ce qui l'attendait s'il devait quitter l'école.

Certes il avait été prévu de le placer en apprentissage de menuiserie chez le père Duval mais celui-ci, malgré son air bonasse et la boucle d'or qui pendait à son oreille, ne devait pas être un tendre lui non plus. Ancien compagnon du Tour de France, habitué dans sa jeunesse à une vie rude et sévère, subissant l'éloignement familial et le manque de tendresse maternelle malgré les soins des « mères » lors des étapes des compagnons, il avait la réputation d'être extrêmement exigeant. De plus, trois ans de maquis pendant la guerre et son refus à la Libération d'être à la mairie « pour être libre de dire merde » avait-il alors répondu lorsqu'on l'avait sollicité, faisaient de lui un personnage qui semblait redoutable au jeune Michel. La vie des jeunes au travail ne devait pas être facile. Bien entendu, entre eux, ils n'en parlaient pas mais ça se savait et pour preuve le coup de pied reçu la veille au garage par son copain Ernest, coup de pied qui lui résonnait encore aux oreilles. Les vieux ne plaisantaient pas.

Un petit déjeuner rapidement avalé, il rejoignit l'étable où sans un mot son père lui tendit une fourche. Pas besoin d'explications. Il comprit tout de suite ce qu'il avait à faire. Le fumier encombrait le sol et une brouette placée devant l'entrée indiquait la direction vers laquelle il fallait le transporter. Au fond de la cour, le tas constitué des apports de précédentes corvées, contenu par des planches noirâtres, s'amoncelait en un monticule gras et suintant à cause des pluies récentes.

Michel avait chaussé une paire de sabots, trop grands pour lui et, qui plus était, la bride de cuir de celui de gauche était presque cassée. Son pied déjà mal calé glissait à chaque pas.

Il prit donc la fourche et commença à charger la brouette. C'était la première fois qu'on lui avait confié ce travail, la première fois qu'il aidait non à des tâches simples et motivantes mais à cette servitude hebdomadaire : tirer le fumier de l'étable.

Il chargea ainsi une, deux, dix, cent brouettes peut-être et même sans doute plus... les allers et retours sur les trente mètres se succédaient avant, en bout de course, de verser le chargement. Après avoir calé un large madrier posé en pente sur le tas de fumier existant, en équilibre il allait jusqu'en haut pour enfin tourner sa brouette sur le côté d'un geste sec, regroupant et formant un cône régulier qui serait ensuite plus facile à charger sur une charrette.

Après quelques voyages ses pieds étaient déjà un peu humides. Les sabots étaient vieux, usés ; le bois laissait suinter le lisier dans lequel il pataugeait.

Le dos tétanisé, les mains en feu à cause du manche rêche et du manque d'habitude, il serrait les dents dans une odeur aux remugles violents, surtout lorsqu'il s'attela aux parties les plus reculées de l'étable, là où les bouses sont sèches en surface mais fermentent en profondeur.

Non loin de là, le père s'occupait du cochon. Il n'eut pas un regard, pas un mot d'encouragement pour son fils. Il était comme étranger à ce travail, comme absent, afin de bien montrer la finalité de cette punition, de cette leçon qui se devait d'être convaincante.

Il n'avait pas eu pour Michel des ambitions autres que de faire de lui un bon ouvrier, un citoyen capable de subvenir aux besoins d'une famille c'est-à-dire faire ce qui lui paraissait la normalité de la vie, avec ses phases successives bien coordonnées, comme il sied de faire pour être reconnu au village : l'école, le caté, la communion, l'apprentissage, l'armée, le mariage et puis les enfants. Un autre ordre dans cet enchaînement et c'étaient les complications, les vies dérangées, des drames parfois, et ça, le père Roux le redoutait plus que tout. Droit dans ses sabots, direct dans ses actes, un peu réac dans ses opinions, tout ce qui sortait de l'ordinaire était donc pour lui motif de dérangement. L'instituteur l'ayant convaincu de laisser partir Michel au collège, c'était donc dans l'ordre des choses que ça se passe comme prévu, que ce dernier y travaille et y réussisse ; tout autre finalité devait être exclue puisque anormale !

C'est dire combien la lettre du principal l'avait secoué. Introverti, il avait tout pris sur lui, emmagasinant mais ne voulant pas que ce soit dit, refusant d'être la risée du village — « avoir voulu « péter plus haut que son cul » en mettant son fils au collège avec les fils de bourgeois » —...

Si Michel devait revenir à la maison, il aurait une autre vie, mais celle-là il lui faudrait la subir comme la subissaient tous ceux qui, avant lui ou de son âge, avaient trouvé sur place un emploi d'apprenti, de journalier ou d'artisan. Il n'était plus question qu'il biaise avec le travail manuel comme il semblait le faire avec l'école.

Le garçon avait presque terminé la tâche infligée. Il attendait, grattant encore le sol de sa fourche afin de ramasser en petits tas les bribes de fumier éparpillées lors de ses trajets puis les rassemblant pour enfin les porter au tas du fond de la cour.

Maintenant ses pieds baignaient dans une sorte de jus brun. Une odeur forte semblait émaner de lui, le vent léger n'arrivant pas à l'en débarrasser. Il se sentait moite, gluant, sale... De plus une grosse ampoule douloureuse dans la paume l'empêchait de plier les doigts de la main droite et la peau de ses orteils du pied gauche brûlait à force de naviguer dans ce sabot mal fermé.

Son père se retourna enfin, regarda le sol de l'étable puis jaugea la façon dont le tas de fumier avait été monté. Apparemment satisfait, il déclara :

« Va voir ta mère. »

Bien sûr Michel ne s'attendait pas à des compliments mais un mot gentil aurait été le bienvenu. Il avait bien travaillé, donné toute sa force pour terminer, s'était appliqué à bien monter les brouettes au plus haut pour que le tas ne s'étale pas trop.

Un peu dépité, sentant à quel point son père était fâché, il posa sa fourche contre le mur et partit vers la maison où un tub d'eau chaude l'attendait.

Le repas de midi fut pris dans un silence de cathédrale. Pas un mot, pas un regard. Le père avait posé son Opinel ouvert à côté de son assiette. Il coupa trois larges tranches de pain en bout de miche après avoir essuyé la lame du couteau contre le tissu de son pantalon, les distribua puis attaqua presque aussitôt le contenu de son assiette de soupe dans lequel le pain trempait. Les cuillerées se succédaient, parfois accompagnées d'un bruit d'aspiration suivi d'un léger soupir, et lentement, comme on prend son temps lorsqu'on goûte aux choses agréables de la vie, il termina sa soupe en relevant un peu le bord de l'assiette afin de finir, d'un dernier coup de cuillère, le reste de bouillon.

Michel pensa un moment s'excuser, demander pardon, promettre de travailler, dire qu'il ne recommencerait plus... mais il n'osa pas.

Qu'allait dire le père ? Le garçon était un peu honteux, de son manque de travail mais surtout des autres motifs que le principal avait certainement donnés. Le MBBSTBA figurait-il sur la lettre reçue du collège ?

Il resta donc silencieux lui aussi, mangeant avec application, et ne refusa pas une autre assiette de soupe car depuis la veille à midi, seul le petit déjeuner hâtif du matin lui tenait l'estomac.

Son morceau de fromage terminé le père ferma son couteau d'un claquement sec, finit la gorgée de vin qui restait au fond de son verre, s'essuya les lèvres d'un revers de la main et entreprit de se rouler une cigarette.

S'adressant alors à Michel sans le regarder, sans lever les yeux :

« Tu repars ce soir au car de huit heures mais avant tu as le temps d'aller au Courbet garder les vaches ! »

La sentence était tombée comme ça, d'un ton froid et calme, comme on soliloque, entre deux coups de langue à son papier Job qui, largement mouillé, ne suivait pas l'arrondi que les gros doigts noueux voulaient lui imprimer.

Michel faillit en pleurer.

La corvée du matin, d'accord. Il était puni et l'avait acceptée comme la conséquence de ses bêtises. Mais cet après-midi, c'était là la vraie punition : l'équipe de foot du village jouait contre celle de Cabaniac et l'empoignade promettait d'être terrible, moins à cause du classement pour le championnat qui en devenait presque secondaire, mais parce que la rivalité était séculaire entre les deux clochers. Depuis toujours en effet, même avant que le foot ait existé, les jeunes des deux villages ne perdaient aucune occasion pour faire le coup de poing contre des voisins dont le seul tort en définitive semblait précisément d'être voisins.

Les bals de la région étaient prétextes à des rencontres où les gendarmes constataient que la musique n'adoucit pas toujours les mœurs. Le curé de Cabaniac, un matin, avait trouvé devant la porte de son église le corbillard municipal sur lequel avait été écrit à la craie : « Bon voyage aux Cabaniacois ! »

Jamais une fille de Cabaniac ne se marierait avec un gars d'ici et réciproquement, jamais Michel et ses copains ne s'aventureraient à vélo du côté de l'autre village pourtant si proche.

Puni de match de foot et aller garder les vaches, en plus !

Michel aurait préféré être collé tout un dimanche car du pré il allait entendre les coups de sifflet de l'arbitre, les applaudissements, les cris du public. Il entendrait sans voir, sans savoir qui allait sortir vainqueur, et ça c'était pire que tout car Vigouroux, de son âge, en pension lui aussi à Saviers, était de Cabaniac. Il s'imagina le lendemain dans la cour de récréation, Vigouroux venant en vainqueur pour le narguer, et lui tout contrit du fait que son équipe ait perdu et surtout de ne pas pouvoir dire que l'arbitre était partial ou que son équipe aurait gagné si Philippe Blandinières — l'ancien avant-centre du TFC qui avait joué dans sa jeunesse à Toulouse avant de revenir à plus de quarante ans se retirer au village — n'avait pas eu des crampes... L'homme en question avait été reçu comme le sauveur de l'équipe mais il y avait les ans d'une part et l'embonpoint naissant de l'autre. Si l'ancien professionnel montrait bien encore la qualité de sa technique, par contre il ne suivait plus le rythme imposé par la fougue et les vingt ans de ses coéquipiers. En fait « il joue assis » disaient les plus méchants !

L'après-midi à garder les vaches !

Michel contenait sa rage en partant par le carrétou empierré qui conduisait au pré du Courbet. Sur le chemin il croisait ses copains qui partaient au match avec leurs pères et même leurs mères mobilisées pour l'occasion et qui, elles, allaient au « fouteball » comme elles disaient, moins pour le match que pour une sortie qui les changeait du travail domestique.

« Eh Michel ! tu ne viens pas voir le foot ? On va te leur foutre une peignée ! »

Et Michel, d'un coup de coudrier qui lui servait de guide, pressait les vaches de petits tapotements sur les flancs afin de quitter au plus vite ce chemin où sa honte se confondait avec sa rage.

Comme prévu, dès trois heures de l'après-midi il fut le témoin auditif de la rencontre. Cris, applaudissements, sifflets, huées montaient du pré qui servait de stade et devenaient bien vite insupportables au garçon dont la vue était gênée par un rideau d'arbres.

Michel s'assit les genoux repliés sous le menton, les deux mains sur les oreilles, la tête basse, les yeux en larmes. Il payait sa bêtise, son manque de travail scolaire et il payait, à son avis, très cher. Cette punition, car il se doutait bien que son père l'avait envoyé là précisément exprès, était un vrai supplice.

Contre son gré il suivait au bruit l'évolution de la partie. Qui a donc marqué puisqu'il y a des applaudissements ?... Tiens, c'est déjà la mi-temps ! La buvette doit être ouverte et les joueurs ont leur quart de citron, puis...

Michel n'en pouvait plus. Il voulut penser à autre chose, coupa un morceau de noisetier, un rejet de l'année, le tailla proprement, tapota doucement l'écorce avec le manche de son couteau et la fit se décoller de l'aubier puis la sortit pour retailler une encoche sur la partie ainsi dégarnie. Il renfila dessus le manchon d'écorce et souffla sur l'embout. Un son strident sortit alors de ce sifflet. Petit, combien de fois avait-il ainsi fabriqué des « fioulets » au printemps lorsque l'écorce encore humide se détache facilement...

Il lui fallait encore patienter une bonne heure, le temps que le match se termine et que les spectateurs aient regagné le village ou leurs maisons. Il ne voulait pas à nouveau, sur le chemin de retour, recevoir quelques réflexions narquoises comme autant de piques qui s'enfonceraient dans son esprit.

Il se souviendrait longtemps de cet après-midi. Il se le jura, passant sa rage contre un roncier qu'il frappa et frappa de son bâton malgré sa paume douloureuse des restes de l'ampoule que sa mère avait crevée à l'aide d'une aiguille, passant un fil sous la peau de façon à servir de mèche et faire se vider la cloque.

Il avait compris et allait en tirer profit. Les dimanches suivants quand il reviendrait chez ses parents, il emporterait son cartable pour pouvoir travailler ses cours. Il lui fallait à tout prix échapper le plus possible à la ferme et montrer à son père qu'il avait pris de bonnes résolutions.

# IV

## Une composition importante

LE SOIR MÊME, il repartit comme prévu pour le collège, avec son linge, des provisions pour son caisson, ses sous pour le voyage et la sécheresse de sa mère lors de son départ. Son père, lui, n'était pas rentré à la maison et Michel, ne le voyant pas, pensa que c'était mieux ainsi.
À l'arrivée, soulagement pour lui : Cabaniac ayant perdu la partie de foot, Vigouroux ne fit pas le malin et il n'eut donc pas à avouer qu'il n'avait pas assisté au match.

D'habitude en quittant la ferme c'était avec joie qu'il revenait au collège. Le travail scolaire y était seulement une de ses occupations ; les autres, avec les copains, remplissaient mieux la semaine entre les blagues qu'ils se racontaient, les parties de foot dans la cour, les cavalcades interdites dans les couloirs après avoir mélangé les cartables des élèves de deux classes différentes qui attendaient, entreposés devant l'entrée de salles voisines.

La semonce de ces deux derniers jours ayant été salutaire, il se mit au travail.

La composition de géographie approchait. Il s'attela aux révisions, refusa deux fois le même soir, en étude, une partie de bataille navale avec Birebent qui, surpris et un peu provocateur, lui fit passer en cachette un petit papier sur lequel il lui demandait : « T'es malade ? » et enfin le jour de la composition arriva.

Le prof fit un jeu de mots : « C'est un sujet à sécher » et écrivit au tableau : « Les climats arides ».

Michel remplit deux pages, dessina une carte bien coloriée et assez juste, rendit sa copie au dernier moment après avoir corrigé ce qu'il trouvait comme fautes.

Huit jours plus tard ce furent les résultats.

Le rendu des copies était l'objet d'un cérémonial bien réglé prenant toute l'heure.

Le prof commençait en annonçant la note la plus faible, se gaussait des erreurs et maladresses, traitait l'élève d'âne bâté, de triple buse, d'imbécile heureux... puis passait à la note suivante, toujours en remontant vers les meilleures.

Parfois il citait une phrase du devoir, ricanait et, par un jeu de mots, faisait rire la classe. Deux, trois, cinq élèves furent ainsi l'objet de quolibets. La note était maintenant à la moyenne, puis la dépassa. Michel n'avait toujours pas été nommé. Elle monta encore. Il ne restait alors plus que trois élèves à appeler puis deux puis, Bergaud qui était comme d'habitude, déclaré premier. La copie de Michel n'était toujours pas sortie !

Alors le prof, prenant une pose théâtrale, ne voulant pas rater son effet car chacun en silence relisait son travail et découvrait les annotations, déclara sentencieusement :

« Il reste un cas à régler, c'est celui de notre ami Roux ! Si je me fiais aux habitudes, je lui aurais mis cinq (il taisait volontairement le "q"), ce qui aurait fait "roussin" d'Arcadie évidemment, ou six (pas de "x") car pour lui ça sent le "roussi" ou sept "roussette" car il va essayer de noyer le poisson en me disant qu'il n'a pas triché... ! »

Et pour chacune de ces notes, le prof, systématiquement, jouait sur la consonance des mots, accentuant bien pour ridiculiser Michel.

Toute la classe maintenant s'amusait à ses dépens alors qu'il serrait les poings sous la table.

Le prof changea de ton, devint sévère :

« Je ne sais pas comment cet animal s'y est pris pour copier ou tricher, mais il l'a fait d'un bout à l'autre de son devoir bien que placé au premier rang devant mon bureau. Je devrais lui mettre 18, MAIS... »

Faisant des mimiques, prenant son temps, il prit un air interrogatif et répéta :

« Je me demande bien comment il a fait, son voisin était Estèbe qui n'a que 4, donc n'a pas pu l'aider... De l'autre côté Estrade était trop loin... Mystère, mystère ! »

Le copiage avec des pompes était le sport favori de certains. Savac avait une veste à six poches dont une dans la manche. Il la prêta un jour à Birebent qui se fit prendre car tous les papiers tombèrent lorsqu'il leva la main par inadvertance ; les uns glissaient des feuillets dans leur sous-main, d'autres dans leur chemise. Pour les maths, les formules étaient écrites au stylo sur l'avant-bras gauche ; on soulevait la manche comme pour lire l'heure à sa montre (qu'il n'y avait pas toujours...) et le tour était joué. Une fois, Destrem, profitant du fait qu'entre midi et deux heures les salles restaient ouvertes, était allé fouiller les affaires du « Colco », le prof de physique, pour essayer d'y trouver le sujet du devoir. Damiel fit même des petits rouleaux finement serrés dans un tube de mines de crayon... tellement serrés qu'ils ne purent jamais ressortir. On disait que Massat, quelques années auparavant, avait posé le livre ouvert sur la table et copié sans se cacher, que le prof n'avait rien vu.

Les plus courageux préparaient deux ou trois devoirs avec des sujets différents. Glissés dans un sous-main, ils en étaient sortis au moment de rendre la copie. Mais voilà, le sujet ne concernait pas toujours un seul chapitre !

Enfin, il y avait les statisticiens qui demandaient aux élèves de la classe supérieure le sujet de l'an passé. À cause des redoublants, on faisait l'impasse du sujet en question. Autant de gagné.

Pendant la compo, il y avait des regards en coin ; « Dites donc Sagnac, vous allez attraper le torticolis. Regardez devant vous ! » ou le voisin complaisant qui posait son brouillon bien en vue... on espérait qu'il écrirait gros (en maths, la courbe allait-elle vers le haut ou vers le bas ?). On se disait : « Quel con j'ai été, ce truc-là j'ai failli le lire avant-hier... » et là on essayait de se remémorer les paragraphes du livre, les couleurs, une carte... et le temps passait.

Le prof avait toujours son air sévère. La bonne note qu'il aurait dû mettre à Michel était contraire à l'ordre des choses et ça il ne l'admettait pas.

Le garçon protesta de son innocence, en vain. Les larmes lui vinrent aux yeux devant tant d'injustice. Il prit sa tête entre ses mains et, courbé sur le plateau de sa table, il pleura sans vergogne.

Le prof s'approcha, le saisit à pleine main par les cheveux et lui releva la tête en la secouant de gauche à droite. Il était assez coutumier de ce genre de brutalités, lui et quelques autres d'ailleurs, ne limitant pas leurs colères à des insultes ou en ridiculisant l'élève qui séchait au tableau par exemple. C'était comme ça et tous l'acceptaient. C'était déjà comme ça à la maison !

« Ah non, pas ça, cria-t-il. Si vous croyez que quelques larmes vont m'impressionner, n'y comptez pas ! Des comédiens, j'en ai vu plus que vous ! Je vous mets zéro et une colle pour jeudi ! »

L'injustice qui frappait Michel était en fait la conséquence de ses mauvaises habitudes : toujours mal noté, rendant des travaux bâclés... Cette dernière composition réussie le faisait suspecter raisonnablement de tricherie.

Le jeudi suivant, pendant la colle, le pion lui amena un sujet à traiter sous haute surveillance — chose inhabituelle car en retenue un élève faisait généralement son travail normal. Il lui fallait recommencer la composition dont le prof avait changé le sujet en « Les climats subtropicaux ».

Michel, sous l'œil vigilant du pion qui le suivit dans ses moindres gestes de façon constante et suspicieuse, traita le sujet, refit lui sembla-t-il un bon devoir et, lors du cours suivant fut reclassé en recevant la note de 12 d'un prof manifestement contrarié.

Il lui fallait maintenant reprendre pied. Ce fut laborieux. Les résultats étaient incertains et irréguliers.

Normalement, quand on était passé au tableau on était « tranquille » pour trois ou quatre semaines. Michel y passa deux cours de suite. Évidemment, au second passage il avait fait l'impasse de la leçon et fut à nouveau puni.

Un soir, Craspec l'accusa d'avoir lancé une boulette de papier.

Comme un fait exprès il cassa une vitre de la fenêtre du réfectoire en jouant au ballon... Il lui semblait que malgré ses efforts rien n'allait et il voyait arriver la fin de l'année avec inquiétude.

Il n'était pas facile, brusquement, de laisser les parties de morpion pendant l'étude, de ne plus être accusé de coups tordus comme celui du dortoir la fois où toutes les chaussures avaient été retrouvées nouées entre elles par leurs lacets, ou encore le sel dans la carafe d'eau au réfectoire... et bien d'autres âneries comme mettre du dentifrice dans le tube de gomina de Rouzaud, ce dernier se retrouvant avec une traînée blanche dans les cheveux.

C'est alors qu'intervint Daspaud, le prof de gym.

Michel était un de ses piliers de l'équipe de foot cadets. Il avait aussi terminé troisième au cross départemental et, contrairement à beaucoup d'autres, suivait assidûment les séances de sport et s'y dépensait sans rechigner.

Surnommé « l'Œuf » — à cause de son crâne chauve —, ce prof de gym avait des méthodes pédagogiques particulières mais avait plu au garçon qui, de ce fait, travaillait bien en cette matière.

Daspaud ne punissait jamais par des retenues. Si un élève s'amusait pendant son cours, paressait ou ne suivait pas ses explications, la sentence tombait aussitôt ; pour les petites fautes, une douzaine de pompes, là, tout de suite, devant les copains ; pour plus grave, une série de roulades, immédiatement, par terre à même le sol, souvent sur le goudron ou le ciment de la terrasse devant les W-C de la cour. Lorsque le malheureux attaquait sa vingtième roulade, la fatigue et la maladresse venant, la tête commençait à tourner ce qui rendait ses gestes moins sûrs et le ciment lui meurtrissait les épaules, les talons et tous les os, alors que les autres élèves en cœur comptaient les tours. À trente, la punition cessait. Le puni, contrit, moulu, se relevait et, alors, faisait attention.

Non seulement les punitions étaient rares, mais l'Œuf était surtout un prof avec lequel on pouvait parler. En effet, il ne dédaignait pas discuter avec des élèves pendant les récréations, ou avec les gars de l'équipe de foot, alors que généralement ses collègues, sitôt leur cours fini, étaient distants et partaient se réfugier dans leur salle, comme étrangers à ceux pour lesquels ils étaient là.

« Roux, tu resteras après la classe, j'ai à te parler ! »

Et Daspaud, le petit prof de gym sans formation supérieure, venu là avec un diplôme valorisé à la Libération lorsqu'on manquait de personnel qualifié, l'Œuf dont on raillait l'allure et dont les collègues méprisaient la discipline et la fonction (marchand de cabrioles), eux les « intellectuels », en quelques phrases sut remonter, rassurer, aider Michel.

Il parla aux autres enseignants, même aux pions, à ces professeurs et surveillants attachés par principe à traiter les élèves pour ce qu'ils les avaient catalogués : sages ou non, travailleurs ou non, leur collant des étiquettes qui les suivaient, par facilité, ce qui permettait d'agir contre eux. Une faute vénielle était sanctionnée durement pour les habitués, pardonnée facilement pour les autres.

L'Œuf prit Michel sous sa protection, l'aida, le protégea même. Ce fut difficile.

Les plus sévères furent les copains qui voyaient s'échapper un complice, ou bien le Cric qui ne digérait pas d'avoir reçu, un jour, en tirant la chaîne de la grosse cloche de bronze rythmant les heures du collège, un seau d'eau parti d'une des fenêtres du premier étage, là où le dédale des couloirs procurait des échappatoires afin de revenir tranquillement dans la cour se mêler — ni vu ni connu — aux autres élèves. Le pion avait appris en interrogeant quelques petits, affolés d'être accusés du forfait, que c'était Michel qui avait fait le coup. Et surtout, il y avait

Craspec qui, lui, remarquait dans les yeux des élèves tout le mépris que les gosses peuvent avoir pour les adultes qui ne tiennent pas leur rôle. Il ne pardonnait pas à Michel d'avoir incité, en début d'année, un petit sixième encore perdu et innocent à venir lui demander : « Pardon Monsieur, vous n'auriez pas un bon savon à me prêter ? »

Michel fit des efforts, participa activement aux cours, leva la main en classe pour répondre.

Il fut volontaire pour porter une gerbe lors de la cérémonie du 8 Mai au monument aux morts, de lui-même changea de place en étude venant s'installer juste devant le bureau du Craspec qui en conclut tout d'abord que c'était uniquement pour mieux le tromper, réussit bien deux ou trois devoirs, sut ses leçons, en fait reprenait les habitudes qu'il avait à l'école primaire lorsqu'il y gagnait des images en récompense de son travail.

Comme il se l'était promis, il apporta des devoirs à faire à la maison. Installé au bout de la grande table de la cuisine, il recopia les cours que Bergaud lui avait prêtés, faisant même des exercices supplémentaires, relisant les leçons de la semaine passée, apportant son carnet à signer au père, trois semaines plus tard, avec à la page du mois de mai la mention : « Quelques progrès semble-t-il. »

Michel fit en effet des progrès, passa l'examen et obtint son brevet, entra en seconde et, bien que restant dans les mêmes locaux scolaires changea par là même de statut. Il entrait dans le cercle des grands.

Avec le second cycle, il déménagea au dortoir du sud, intégra l'étude dite « des placards » — car chaque élève y avait son casier à fournitures à côté de sa place attitrée —, eut une place aux tables du fond du réfectoire, celles où les grands étaient entre eux et d'où partaient parfois d'énormes éclats de rire qui intriguaient tant les petits.

Enfin, suprême bonheur, son père lui trouva en ville un « correspondant » ! Sauf punition, finies les fastidieuses promenades en rangs des jeudis après-midi ou des dimanches de petite sortie.

De la période difficile qui venait de s'écouler il garda rancune contre ceux qui l'avaient « enfoncé » mais aussi beaucoup de reconnaissance envers Daspaud et envers Manenc, un des pions dont les explications lui avaient permis de rattraper son retard en maths.

# V

## Les beaux jeudis après-midi

Le jeudi était le jour préféré des élèves, surtout des internes.

Contrairement aux grandes sorties des fins de quinzaine où ils repartaient dans leur famille, le jeudi voyait se dérouler des escapades en ville pour tous ceux qui avaient un correspondant. Ce dernier, parent ou ami, avec l'aval officiel du père de l'élève, se bornait bien souvent à apposer sa signature sur le bon de sortie de l'après-midi, exerçant ainsi sa responsabilité. Cette décharge acquise, le jeune s'empressait de quitter son hôte momentané pour profiter d'une liberté attendue depuis le dimanche précédent.

Ceux qui n'avaient pas de correspondant ou qui étaient punis le dimanche partaient en promenade, en rangs par deux, suivant des circuits sans surprise : les côtes vers le vignoble ou le chemin qui suivait la rivière et bien d'autres, tous longs périples mornes et fastidieux. Après une heure de marche le groupe s'arrêtait pour se reposer et, selon l'endroit, lancer des cailloux dans l'eau pour faire des ricochets, parfois profitant d'un pré voisin pour organiser une partie de « sauce » si par bonheur quelqu'un avait eu l'idée d'emporter un ballon, riant au passage des gens sur la route ou allant grappiller des restes de vendanges dans les rangs de vignes. Ces sorties se transformaient en déroute lorsqu'une pluie survenait et surprenait en rase campagne cette file abattue. Les internes rentraient alors trempés, crottés, et après un goûter rapide s'ensuivait jusqu'au repas du soir une longue étude de deux heures. Pour se retrouver au sec, il fallait attendre l'heure du coucher car il n'était pas prévu par le règlement de monter se changer au dortoir en rentrant de promenade.

Michel connut des dizaines de ces départs par tous les temps, en rangs d'abord sur les trottoirs dans les rues de la ville sous le regard goguenard de ceux que l'on croisait et qui, eux, étaient libres, puis c'était la campagne environnante où on pouvait parler mais toujours rester en rangs... sorte de pensums en fait, surtout lors des promenades du dimanche quand on savait qu'il y avait en ville une cavalcade, une fête ou un bon film au Palace.

En plus des collés ponctuels, c'étaient toujours les mêmes qui s'y retrouvaient. Deux qui venaient de trop loin et n'avaient pas de correspondant ne quittaient de ce fait le collège qu'aux vacances. Les punis habituels, cumulant souvent deux ou trois dimanches, repunis entre-temps, pouvaient arriver à la fin de l'année sans avoir assumé toutes leurs colles.

Les heureux qui bénéficiaient d'une sortie, après l'étape « signature » obligée chez le correspondant, se retrouvaient au café de la place, *Chez Belci*, où certains avaient leurs habitudes. Dès leur arrivée, d'autorité le garçon leur apportait un piquet et un jeu de cartes, et c'était parti pour une belote avant d'aller, désœuvrés, traîner en ville souvent à deux ou trois, certains parfois en amoureux entraînant alors leur conquête vers des rues écartées propices aux flirts, se réfugiant sur les gradins du stade ou dans quelque couloir sombre de maison lorsque le temps n'était pas clément.

La banalité de l'emploi du temps de la plupart était flagrante. Il n'y avait pas encore de télévision, pas de cinéma le jeudi, ni d'activités possibles ou organisées. Mais cette pauvreté n'était pas ressentie comme telle car, loin de la tutelle des parents et de la surveillance des pions, le sentiment de liberté suffisait à une époque où tous se contentaient de peu pour être bien. Les trois heures de « liberté » du jeudi après-midi équivalaient au bonheur !

Mais, les jeudis les plus réussis étaient ceux où l'équipe de foot des juniors rencontrait celle d'un autre établissement.

Certains matches se préparaient à l'avance tant il semblait que l'honneur de chacun était suspendu à la victoire contre ceux de Poix ou de Saint-Varent.

C'était surtout contre Poix que la tension montait. Saviers et Poix étaient séparées d'à peine vingt kilomètres. Les deux villes s'opposaient en tout sur les plans politique, culturel, économique, historique même et cet ensemble était prétexte pour les habitants à faire mieux que leurs voisins considérés comme rivaux.

Ces querelles de clochers, les élèves les avaient prises à leur compte.

La semaine précédant le match tant attendu voyait se mettre en place des préparatifs et des conciliabules qui se tenaient derrière la salle de dessin, bien loin du regard des pions, là où les grands allaient fumer, non sans avoir placé un petit pour faire le pet. (Pour se plaindre ou cafarder on « portait le pet », pour guetter on « faisait le pet », pour prévenir d'une arrivée dangereuse le guetteur annonçait — souvent dans un souffle — « pet, pet, pet ».)

La stratégie commençait alors... par la composition de l'équipe.

« Si on met Delpech à l'arrière, il faut placer Destrem inter du même côté car ils s'entendent bien !

— Non, à gauche. Inter, il faut que ce soit Sagnac, c'est sa place.

— Sagnac d'accord mais pas Birebent à l'arrière droit. La dernière fois il a fait trois cagades de suite et on a pris deux buts ! »

Parfois, en étude, circulait un petit papier porteur d'une combinaison inédite ; le réceptionnaire y ajoutait son avis et le papier repartait aussitôt comme si l'inspiration subite du découvreur de formule ne pouvait attendre la fin de l'heure.

Et ainsi, avec sérieux et application, les équipes se faisaient et se défaisaient. On composait et on plaçait ce qui semblait à tous le meilleur ensemble possible.

Il n'y avait pas en France une seule équipe professionnelle qui soit l'objet de tant de préparations pour sa composition.

La catastrophe venait souvent d'une colle : privation de l'avant-centre prévu... On voyait alors l'Œuf partir négocier le report de la retenue auprès de son collègue de maths ou de français.

Enfin, le grand jour arrivait.

Daspaud, le prof de gym louait deux cars afin que la participation des supporters ne soit pas uniquement l'aide vocale qu'ils apporteraient à leurs camarades, mais également le montant du prix de leur billet qui permettait d'améliorer les finances du

SCOS, sigle pompeux du Sporting-club olympique de Saviers.

Après la recherche de la meilleure composition de l'équipe, il fallait à certains heureux élus « retenus », trouver les crampons. Seuls les élèves qui évoluaient le dimanche dans les clubs de ville ou de village possédaient cet accessoire indispensable, les autres se contentaient de prêts et parfois jouaient en chaussures de tennis s'ils n'avaient pas réussi à trouver la paire de chaussures tant désirée.

Damiel, une fois, avait dû mettre trois paires de chaussettes pour rattraper tant bien que mal les deux pointures de trop de ses crampons d'occasion. Michel, lui, lorsqu'il fut admis à jouer ailier, dut, avec ses économies, faire changer — c'était la condition du prêt — tous les crampillons de cuir chez un cordonnier de la ville. Ne voulant pas avouer la dépense à sa mère, il fut obligé de demander à Birebent de lui prêter l'argent nécessaire pour faire face puis de rembourser sur plusieurs semaines.

Équipe composée, matériel trouvé, c'était alors le cérémonial des vestiaires avec l'apport d'huile camphrée, de bandes Velpeau et de genouillères permettant à chacun de se préparer à jouer un personnage, d'entrer dans un rôle éphémère et nouveau mais si important car il situerait l'élève dans le clan de ceux que les petits regarderaient avec envie et admiration le lendemain matin, surtout si le match avait été gagné.

Et puis on recevait le maillot — c'était l'instant suprême, celui où on passait de l'état de « possible » à celui de titulaire — souvent trop petit ou trop grand, lavé, lavé et encore relavé de semaines en semaines par Marinette la lingère.

Il y avait même des fois où une photo était prise, le capitaine accroupi au milieu du groupe, le ballon entre ses pieds. Le cliché était alors conservé comme une relique que l'on garderait dans le portefeuille, que des années plus tard on retrouverait au hasard de rangements, témoignage de l'année où l'équipe était allée jusqu'en demi-finale du championnat départemental.

Porter une genouillère, une bande, évoquait tout de suite le joueur aguerri, l'habitué des stades, « l'homme » bien préparé. Ainsi bardé, les tibias largement dissimulés derrière des protège-tibias démesurés, taillés pour des seniors, rigides et encombrants, il ne restait plus qu'à « faire son jeu » qui signifiait « faire tout son possible pour gagner ».

Un coup on gagnait, une autre fois on perdait et dans ce dernier cas c'était généralement la faute de l'arbitre sauf lorsque, un jour de grande pluie, le ballon était passé sous le ventre de Bergaud, gardien de but occasionnel — le titulaire ayant été collé malgré les interventions de l'Œuf. Le responsable de l'échec de ce jour-là fut le patron du collège !

« Nous avons gagné... On a fait match nul... Ils ont perdu. »

Tout était dit dans ces trois formules ; c'était la faute des autres si Poix avait gagné...

Les deux jours suivants on refaisait le match avec des « si » et des « fallait que » et des « je vous l'avais dit », chacun bien souvent critiquant son voisin. Et puis on oubliait et la préparation de la rencontre prochaine voyait revenir les mêmes spéculations.

Au village, Michel jouait bien un peu au foot avec les copains, mais il n'avait jamais eu l'autorisation de prendre une licence : le père Roux craignait une blessure, une incapacité entraînant un possible retard dans les études. Car le foot à la campagne, c'était la guerre de tranchées tous les dimanches ! Les chevilles, les tibias portaient souvent les traces des coups que les « bûcherons » (c'est ainsi qu'on appelait les brutes) distribuaient généreusement. Et quand les joueurs n'en faisaient pas assez, jaillissaient du public cris, injures ou qualificatifs qui avaient pour effet immédiat de transformer l'ancien pré de Gustave Plantet, devenu stade municipal, en arènes romaines.

À la mi-temps, soignant tant bien que mal les bobos, on faisait le point, se promettant, plutôt que d'essayer de gagner le match, de « s'occuper » du 8 d'en face.

Michel, à la fois triste mais aussi rassuré de ne pas participer à ces combats, voyait ses copains jouer pour l'honneur du village et, lorsqu'ils avaient gagné, le café des Sports faisait une bonne recette car les tournées se succédaient tard dans la soirée.

Le match en déplacement terminé, l'Œuf donnait une heure de quartier libre en ville, le car attendant place de la mairie ou sur le mail.

Les joueurs s'échappaient alors en groupe dans les rues, comme en pays conquis, sûrs de leur impunité si quelque bêtise était commise ou si un commerçant, par exemple, avait à se plaindre. Parmi ceux-ci, les plus visés étaient les pâtissiers. La technique était simple et efficace. Un premier élève entrait dans la boutique pour acheter au hasard sur les présentoirs ; trois autres arrivaient, comme étrangers au premier — il ne fallait pas affoler ou mettre la puce à l'oreille de la vendeuse en arrivant trop nombreux à la fois... — car des coups avaient été ratés avec la venue, depuis l'arrière-boutique, d'une deuxième personne appelée en renfort. La vendeuse occupée à rendre la monnaie, deux autres garçons devant elle lui cachant la vue sur la vitrine, ne remarquait pas le dernier entré qui, sac de sport ouvert face aux étagères de présentation, y enfournait à la suite tartes, éclairs, religieuses... que les complices, ressortant sans autres achats que ceux du premier entré, iraient se partager sur un banc de square, allant jusqu'à lécher maillot ou même chaussettes si un peu de crème ou de confiture avait coulé dessus. Le tout était de bien choisir la « victime », d'être le premier groupe en opération et que les matches soient suffisamment peu fréquents pour ne pas donner l'éveil lors de la prochaine expédition.

Les rues retentissaient d'annonces joyeuses : « On a gagné, on a gagné, on a gagné », alors que les jours de défaite c'étaient tristes et dépités que les protagonistes revenaient vers le car pour y attendre avec ennui l'heure du départ.

Et puis, les derniers retardataires arrivés au car, c'était le retour.

Les petits avaient fait le déplacement groupés dans un des deux cars seulement. Il ne fallait pas qu'ils entendent les chansons paillardes qui, tout au long de la demi-heure de trajet, se succéderaient, le chef de chorale étant Piffard, dépositaire d'un livret secret sur lequel il recopiait tout ce qui pouvait exister à l'époque dans le répertoire des équipes sportives des environs — carnet secret, jalousement porté sur lui et dont à l'occasion il extrayait un texte nouveau, l'enseignait au reste de la bande qui l'adoptait et l'ajoutait aux chansons favorites des retours.

Bien évidemment, traditionnellement, le premier chant était une complainte, celle qui à toutes les occasions était entonnée religieusement d'un ton lent et grave, celle surtout qui, un jour à la sortie des épreuves du bac, juste avant les monômes en ville, sonnerait comme le glas de leur vie scolaire — du moins pour ceux qui seraient reçus !

*« Saint Anatole*
*priez pour nous*

*et de la colle*
*grand saint protégez-nous (ter) »*

le tout repris trois fois avec une ferveur que n'aurait pas démentie le curé de Saviers. Mais la suite changeait bien vite : *De Nantes à Montaigut* ou *Là-haut sur la montagne*, les paroles permettant un défoulement salutaire. L'Œuf laissait faire.

À la traversée des villages le chœur se manifestait bruyamment :

*« V'là le SCOS... v'là le SCOS... v'là le SCOS qui passe*
*v'là le SCOS... v'là le SCOS... v'là le SCOS passé ! »*

afin évidemment que nul n'ignore le glorieux passage et « l'honneur » qui leur était ainsi fait de « traverser leur patelin ».

Une fois, sans que le prof s'en aperçoive — car ça il l'aurait interdit —, Piffard s'était déculotté et avait posé son postérieur contre la vitre arrière. En passant dans les bourgs au retour, le car qui n'allait déjà pas bien vite ralentissait, parfois s'arrêtait un instant si une charrette ou quelque animal gênait la circulation, et les élèves assis à l'avant attiraient l'attention des piétons en montrant du doigt l'arrière du car... et le cul de Piffard.

Ces sorties du jeudi pour le sport étaient véritablement un bol d'air inespéré.

Enfin, il y avait les « blessés » ! Boiter le vendredi matin dans la cour mais aller quand même en classe, se montrer pour mieux assumer son rôle, porter une bande Velpeau, recevoir les questions des externes découvrant « l'accident » et s'en faisant expliquer les circonstances prolongeait un peu « l'exploit » si Poix avait été battu. Mais le lendemain soir à 5 heures, au moment de prendre son billet de sortie, notre invalide courait déjà comme un lapin.

La discipline du collège, la peur constante d'une punition, les ordres empreints de caporalisme, le favoritisme et l'injustice bridaient tout sentiment et toute expression personnelle et l'élève était bien un potache parce que enfermé dans ce rôle et ses réactions étaient celles de ceux qui se vengent des contraintes subies. Il n'y avait rien de violent, pas de dégradations, pas de casse, mais il fallait essayer de tourner en ridicule tous ceux qui profitaient du règlement pour asseoir une autorité que leur seule personnalité n'aurait pas suffi à imposer.

Alors, tout instant de liberté était pris avec ivresse, et reconnaissance pour celui qui l'autorisait ; l'Œuf était de ceux-là. Aussi, un jour où Sartin (cet abruti au cul bas, comme disait Pons) avait dégonflé tous les ballons et ainsi ridiculisé Daspaud le jour de la venue de l'inspecteur de gym, ledit Sartin avait été attrapé par les autres élèves qui lui avaient passé le cul au Lion noir. Bien entendu là où se réglaient les comptes, se fumaient les cigarettes interdites... derrière l'habituelle salle de dessin.

Lorsqu'il eut un correspondant, Michel goûta au bonheur des sorties en ville.

Le pécule que lui octroyait son père était maigre, suffisait parfois uniquement à payer les billets de car. Pas de folies au café ou au cinéma comme certains qui dépensaient en outre une bonne part de leur argent de poche en faisant des achats à chaque récréation, à la conciergerie. Vigilante la pipelette sale et mal fagotée y tenait boutique : épicerie, bonbons, sucettes et gros caramels dont on ouvrait vite le papier d'emballage pour peut-être y découvrir l'inscription « gagné » qui donnait droit à une autre friandise.

Les sorties se préparaient au dortoir sitôt le déjeuner, une toilette de chat, la gomina passée consciencieusement, mais également tout ce qu'il fallait pour faire le jeune homme. Pons, sur sa veste de velours côtelé, laissait pendre une pochette ; Michel empruntait une cravate. En fait chacun essayait de pallier la modestie de son trousseau par des arrangements jugés avantageux, quittant la blouse grise ou noire — qui était l'uniforme quotidien —, changeant les souliers de tous les jours contre les premières chaussures à semelle de crêpe, luxe inouï si on pense que certains avaient encore des galoches en hiver !

Ensuite, c'était la rue. La porte cochère du collège franchie, il leur semblait que le monde leur appartenait et... pour trois heures.

La corvée de la signature au domicile du correspondant assurée, ils avaient le droit d'aller et venir, d'attendre à un rendez-vous avec une fille du collège d'en face ou de s'asseoir sur le banc de la place de la République pour discuter sans fin des mérites comparés de la 203 Peugeot et de la Onze Citroën ou de la vélocité de Vietto dans les descentes des cols alpins par rapport à Bartali ou Coppi.

Parfois, l'hiver lorsqu'il faisait très froid, qu'il n'y avait pas de matches et que les fonds en baisse ne permettaient pas de fréquenter le quartier général, le café de la place, certains allaient se réfugier sur les bancs du tribunal. Le juge de paix y officiait une fois par mois et les séances étaient souvent cocasses lorsqu'on écoutait les explications d'une femme accusée d'avoir « mouillé » le bidon de lait ou bien d'un autre qui n'admettait pas que le coq du voisin chante dès l'aube... Bien que les choses jugées soient de simples affaires de police ou de voisinage, ils y apprenaient beaucoup sur les « vieux », découvrant les mesquineries et les bassesses du quotidien.

Et puis à cinq heures on devait rentrer, on rendait au pion son billet de sortie signé par le correspondant et la vie d'internat reprenait avec ses contraintes oubliées un moment, le sentiment d'enfermement aussi, l'ennui de deux heures d'étude lorsque l'esprit traînait encore en ville du côté du stade ou... des buissons au bord de la rivière.

Un jeudi, Michel étant en première, Dulast, un externe, l'invita avec quelques autres copains, à venir écouter des disques chez lui sur son Teppaz tout neuf.

L'appareil était nouveau, « à la pointe du progrès », remplaçant les gramophones à manivelle. Les disques étaient rares et chers, beaucoup de personnes se bornant à écouter la radio et les habituels chanteurs de charme avec leurs roucoulades et niaiseries. Les chansons « à la mode » duraient plusieurs mois, rengaines que l'on reprenait en chœur : *Cerisiers roses et Pommiers blancs* ou *Maître Pierre, qu'il fait bon chez vous*. D'autres, plus incertaines, plus équivoques, passaient sans que Michel en cherche vraiment l'explication ; que voulait dire Tino Rossi parlant des « baisers de feu » ou autres allusions dans les chansons dites d'amour ? Il ne comprenait pas bien ce que cela signifiait. C'étaient des paroles, sans plus...

Donc, ce fut ce jour-là un événement, d'autant plus qu'un certain Brassens chantait des textes que tous jugèrent d'une provocation extrême : « voir le nombril de la femme d'un flic » ou entendre raconter l'hécatombe des gendarmes au marché de Brive, leur semblait les prémices de l'effondrement du carcan social et moral dans lequel ils étaient enfermés, la fin de l'aura que leur éducation leur avait fait placer sur tout ce qui était autorité et respect des institutions...

Il sembla à Michel qu'il entrait dans un autre monde, qu'il découvrait un univers de pensée qu'il n'aurait jamais imaginé que caché et secret. Déjà, tous fredonnaient les refrains de Gilbert Bécaud dont les textes touchaient leur sensibilité d'adolescents : « mes mains dessinent dans le soir, la forme de l'espoir, qui ressemble à ton corps... » ; mais avec Brassens ils y virent inconsciemment mais sûrement une atteinte aux « vieux », à l'autorité, à ceux qu'ils qualifiaient de PPPH (Passera Pas Prochain Hiver). Dans ces textes ils trouvèrent comme un encouragement à leur propre émancipation, à leur accession à l'âge adulte quand on peut donner son opinion sans risquer une colle ou une bonne gifle. Le collège subitement leur sembla une prison, à eux qui, depuis toujours, malgré les contraintes et la discipline, y avaient trouvé sources de connaissances et assurance de promotion sociale.

Les jeudis suivants Michel et ses copains revinrent chez Dulast, apportant des morceaux de pain fauchés au réfectoire et du pâté dans de petites boîtes. Et ces après-midi se transformèrent en réunions imprévues où brusquement, comme éclôt un bourgeon, ils étaient passés de l'enfance à l'adolescence, faisant des actes inhabituels, libres d'imaginer et de réaliser, retenant de ces moments une impression d'achèvement et de bonheur.

D'un seul coup, les billes, les illustrés, les farces de gamins, tout ce qui avait fait leur environnement et guidé leur apprentissage d'internes leur sembla dépassé, lointain même. Ils en avaient presque honte, au même titre que les culottes courtes, les bonbons achetés chez Vigilante, leur crainte du Craspec même.

Les premières cigarettes avaient été fumées dans les W.-C. ou au fond de la cour. C'était en cachette avec toujours l'éventualité de la fouille pratiquée systématiquement lorsqu'un élève sentait le tabac. Ici, ceux qui avaient commencé à fumer n'avaient plus la crainte du pion.

Dulast avait, dans le jardin de son père, une remise à outils qu'un jour ils trouvèrent transformée en salon par leur copain : un vieux canapé, des caisses avec une couverture posée dessus qui servaient de sièges, une étagère avec de vrais verres, sur une table de jardin « réquisitionnée » une tarte fabriquée par la mère Dulast... Le goûter de sodas et de pâtés devenu habituel se transformait en festin. Ils écoutaient religieusement le Teppaz tout en s'imaginant eux aussi « sur les bancs publics » se bécotant sans s'occuper « du regard oblique des passants honnêtes » !

« Putain, con ! je pense à une chose. Il ne manque plus que des femmes ! »

L'instant était comme une évasion, il était attendu et savouré. Les garçons le retrouvaient, conscients de leur chance, oublieux des contraintes de l'internat et des gueulantes de Gustin.

Depuis leur plus jeune âge, dans toutes les familles, à la communale, au catéchisme, partout, ils avaient subi, ne connaissant ni l'initiative ni originalité, obéissants par principe, n'osant pas par peur, suivant les conventions et le chemin que leur statut de jeune les obligeait à respecter, étrangers au monde des adultes à côté duquel ils vivaient, demandant des autorisations pour des riens comme sortir de table, se servir en beurre ou aller faire du vélo dans le jardin. De plus, ils étaient parfois attifés d'habits qu'ils jugeaient ridicules, que les mères avaient achetés à leur insu, sans oser se plaindre, sans personnalité, sans avoir rien à dire.

Un jour, Michel alla chez le coiffeur. C'était l'époque où la mode était à la coupe Marlon Brando avec une frange sur le front. Le retour à la maison fut difficile. Le père Roux n'apprécia pas cette fantaisie et Michel dut retourner se faire couper les cheveux puis passa presque deux mois avec la boule à zéro.

Il portait des pantalons de golf, une cape bleue, des pull-overs tricotés par sa mère avec des laines de récupération. Il garda des galoches jusque vers ses quatorze ans. Il était mal fagoté et engoncé dans des vêtements parfois trop grands. Aussi le jeudi, lorsqu'il montait au dortoir après le déjeuner afin de se préparer à la sortie en ville, entre les emprunts et la liberté vestimentaire qu'il pouvait prendre, se construisait-il une nouvelle image de lui-même, celle d'un garçon plein de possibilités qui n'attendaient qu'à être exploitées.

Ils étaient six à venir régulièrement dans le hangar — quand le calendrier des matches le permettait — et comme ils racontaient à qui voulait bien l'entendre leurs après-midi chez Dulast à écouter des disques « vautrés sur des canapés » en sirotant un soda, le bruit courut puis gonfla, en ville puis au collège, que des orgies se déroulaient le jeudi chez un élève de première « dont le père était pharmacien ».

Le principal fit une enquête, on avertit le père Dulast. Les réunions des jeudis après-midi durent cesser !

« Les cons ont encore frappé ! » décréta Massat.

Car l'expression était à la mode. Elle ressortait chaque fois que les adultes, ceux qui avaient l'autorité, comme ne voulant pas se laisser déborder, refusaient toute initiative ou tout changement au train-train de vie de la petite sous-préfecture bien calme où ceux qui ne comprenaient rien à rien semblaient jalouser les jeunes, peut-être parce qu'il s'agissait de jeunes, peut-être aussi parce qu'ils ne se souvenaient pas de l'avoir été eux-mêmes... à moins qu'au même âge ils se soient comportés comme des moutons bien dociles.

« Les cons ont encore frappé » comme à chaque fois que des autorisations étaient refusées... et le hangar passa aux oubliettes, laissant les garçons plus écœurés que désœuvrés et prêts à une vengeance terrible qui ne vint jamais ; Michel et ses copains étaient trop obéissants...

« Les vieux donnent de bons conseils pour se consoler de ne plus donner de mauvais exemples » énonça pompeusement Bergaud qui lui aussi notait sur un petit carnet toutes les citations et phrases remarquables qu'il trouvait au hasard de ses lectures et employait ensuite avec bonheur dans ses devoirs de français.

« Les cons ont encore frappé ! »

Avec colère et même rage, Michel se demandait bien en quoi leurs réunions pouvaient gêner les autres. Il en garda une certaine rancœur contre les adultes « qui décidément se montraient parfois minables ».

Jeudi des premières amours, des petits flirts et des rendez-vous, le premier goût sucré d'une salive étrangère, la gêne de situations où on ne savait comment faire pour aller plus loin, le premier essai, raté car on s'y était mal pris — « l'appareil avait craché trop tôt » comme on disait — sauf pour Sagnac qui fut père l'année de son bac.

Beaucoup de filles n'ayant pas le droit de sortir librement, même l'après-midi, il y avait à Saviers, en tout, une bonne vingtaine de flirts possibles bien connus ; elles passaient de l'un à l'autre, chacun devenant à son tour heureux élu et fier comme Artaban, amenant sa conquête le dimanche suivant à une séance du Palace, peut-être aussi sur les gradins du stade, à l'abri s'il pleuvait, faisant passer une lettre par un copain externe car la semaine était longue.

Ainsi étaient Martine, Ginette, Françoise, Geneviève, Marie-Louise (« Viens ici que je te bise »), Thérèse (« Viens ici que je te b… ») car on fredonnait sur elles des comptines :

> « *Gisèle*
> *ta maman t'appelle*
> *rentre bien vite à la maison*
> *il faut apprendre ta leçon...* »

et aux alentours de cinq heures moins dix on quittait la liberté pour rentrer au collège, après un dernier bécot dans un coin bien caché.

« Mouillé, fais-le bien mouillé ! » cria un jour Birebent en passant ayant aperçu un couple sous un porche... ce qui faillit se terminer en bagarre.

Ensuite, étude du soir triste, regrets et un peu de jalousie de savoir la fille encore dehors et puis on passait aux choses barbantes, aux leçons que l'on apprendrait au dernier moment, au devoir de maths dont Destrem passerait le brouillon lorsqu'il aurait lui-même fini de le recopier sur celui de Bergaud... à tous ces soucis en un mot que la courte pause du jeudi après-midi avait permis d'oublier un peu.

# VI

## Les menus (si menus) du Rat

Les samedis soir, les internes qui n'étaient pas partis chez eux — le plus souvent pour cause de colle — se retrouvaient au réfectoire à 19 heures.

Habituellement, les tables étaient « composées » pour l'année, des tables de huit, par classes, avec un règlement tacite entre les élèves qui permettait des tours de rôle dans l'ordre où chacun se servait, désignait qui coupait les parts, qui allait chercher de l'eau, qui allait au rabiot...

Mais les samedis dimanches, ou les jours où il y avait de nombreux malades, on envoyait les petits compléter les tables des grands.

Un de ces samedis soir, Michel, collé pour le dimanche après s'être fait prendre deux ou trois fois pendant la semaine à jeter une boulette de papier mâché, faire un croche-pied en rangs et tout simplement avoir été trop remuant en étude, était ainsi allé compléter une table de grands.

Sa soupe terminée, il vit son voisin verser le contenu de son assiette dans la sienne. Cette soupe toute servie à l'arrivée des élèves était déjà froide, son aspect et son odeur n'engageaient pas à la finir ce qui était pourtant obligatoire et... voilà qu'une seconde lui était imposée !

« Tiens petit, tu as l'air d'aimer ça. Ça te fera grandir... »

Comment se révolter ? Refuser de la manger c'était avoir terminé son repas car le pion en demanderait la raison et peut-être donnerait une punition supplémentaire. Dénoncer c'était la menace de représailles, derrière la salle de dessin où tous appréhendaient d'avoir rendez-vous pour une affaire personnelle. Mentir alors, la rage au cœur et l'envie de pleurer, dire qu'on avait mal à la tête, c'était partir illico à l'infirmerie. Michel avalait donc sa seconde assiette de soupe. Il entendit alors :

« Moi je crois qu'il a assez mangé pour son âge, ce petit ! »

Et il vit sa part de hachis Parmentier « réquisitionnée » comme ils disaient — la guerre n'était pas oubliée, le mot revenait à tout bout de champ. Ce qui fait que ce soir-là le garçon dut se contenter de pain sec en plus de ces deux assiettes de bouillon infâme, essayant de ne plus voir flottant ici et là les quelques haricots ou nouilles que l'on disait récupérés par la cuisinière dans les plats revenus du service de midi ou de la veille.

Prendre la part de son voisin moins fort ou d'un plus jeune n'était pas fréquent mais quand c'était le cas, la victime ressentait un profond sentiment d'injustice et surtout d'impuissance d'autant plus que ce genre de brimade avait la particularité d'être indécelable, même par l'adulte le plus observateur.

C'était très différent en temps normal lorsque les tables étaient composées par affinités et que les repas se déroulaient avec convivialité et camaraderie.

Partir compléter était redouté. C'était s'exposer à avoir peut-être du sel versé dans son verre, voir un crachat atterrir au milieu des nouilles après que les « caïds » se sont largement servis avant toi, ou encore devoir se contenter de restes remis dans le plat... Et le repas pouvait se transformer en un enfer !

Carrière, fort de ses muscles et de ses vingt ans passés, piquait directement de sa fourchette dans le plat sitôt ce dernier posé sur la table, sans s'occuper des autres, sortait un morceau, le remettait dans la sauce et en piquait un autre si ce premier ne lui plaisait pas, indifférent à l'opinion qu'on avait de lui autant qu'il était allergique aux études — être encore en première à cet âge-là en faisait un ancêtre que tous évitaient — et, pour un petit, aller à sa table signifiait un repas foutu.

Il n'y avait pourtant rien à dire. Porter le pet c'était s'exposer, dix minutes plus tard, à une tabassée ou pire, à être évincé du groupe.

Les lois tacites, secrètes, qui de tous temps ont régi le monde des élèves, ne permettaient pas aux adultes d'entrer dans ce qu'ils ne devaient pas voir ; ne pas être accepté ou être exclu, c'étaient des insultes, des mises à l'écart, des vexations, en un mot l'impossibilité de vivre sa vie d'interne.

Lorsqu'un surveillant, passant devant une table, demandait à un élève pourquoi il n'avait pas mangé sa pomme qui se trouvait alors près de l'assiette d'un autre, invariablement il s'entendait répondre : « Monsieur je n'ai plus faim » ou « Je n'aime pas les pommes », ou encore « J'ai mal au ventre ».

Le pion alors, au lieu de confisquer la pomme ainsi laissée à un autre, ce qui aurait — devenant systématique et se sachant — désormais empêché tout détournement sous la menace, proposait bien sûr au « malade » d'aller à l'infirmerie.

Ainsi on voyait sortir du réfectoire certains élèves avec deux ou trois pommes gonflant leur poche, fruits de marchés plus ou moins imposés, de remerciements pour des aides à devoirs ou tout simplement pour être agréable à celui dont on souhaitait la fréquentation ou au contraire pour qu'il vous laisse tranquille.

Dans la communauté fermée des élèves, le plus gros défaut c'est de ne pas être comme les autres. Celui qui est puéril, timoré, un peu différent, devient immédiatement le souffre-douleur des imbéciles qui soutirent bonbons, part de dessert... avantages divers dans une impunité parfaite. Dénoncer, là aussi, c'est sortir du groupe, ne pas participer aux jeux, être un « cafteur », ne pas être des combines, des secrets, se voir rabrouer et pis encore si quelque violence de la part d'un adulte vient rappeler à l'intéressé qu'il a fait punir un copain.

Tous avaient en mémoire les terribles privations des années précédentes et les tickets de rationnement, les topinambours et la sciure dans le pain ainsi que les queues devant les magasins dont parlaient encore les parents.

Aussi, le repas, le passage au réfectoire étaient-ils comme un moment sacré où on exorcisait la peur de manquer. Jamais on ne vit, après le départ de table, traîner le moindre morceau de pain, les restes, même les petits, ayant servi à chacun à bien nettoyer son assiette.

Les derniers servis de chaque table, désignés à tour de rôle, héritaient du plat et du droit de le récurer et, lorsqu'on savait qu'il n'y aurait pas de rabiot, ils entreprenaient de terminer ce qui restait parfois en posant directement la gamelle sur leur assiette.

Cependant, il y avait ceux qui n'aimant pas un plat, par bêtise ou par jeu, faisaient tout pour en dégoûter les autres.

Le riz, par exemple, était invariablement servi dans des plats ronds, en couronne entourant un puits de sauce tomate. Cette dernière devenait alors du « sang » : « Tiens, la Miss (nom plein de promesses pour désigner en fait la cuisinière, énorme et velue), la Miss a ses ours ! » entendait-on alors. Bien qu'ignorants de la chose et de ce que cela sous-entendait, les petits se doutaient que c'était dégoûtant. C'était alors suffisant pour voir découper le plat de riz sans toucher à la sauce tomate voisine.

Michel entendit cela pour la première fois alors qu'il était en cinquième. Il ne comprit pas mais sut tout de suite qu'il y avait derrière l'expression toute une part de ces mystères que se partageaient les grands, « ceux qui savaient ». Les œufs au plat devenaient des yeux de bœufs, le fromage puait ou était pourri et bien d'autres détails parfois franchement affreux décrits dans des termes dont jamais les adultes n'auraient pu se douter.

Avec les actes humiliants se constituaient des clientèles. Des faibles, soumis, achetaient leur tranquillité, la possibilité de conserver leur part de nourriture à table... par des services, faisant devoirs, copies de « lignes » à la place de ceux qui les effrayaient, se fournissant en bonbons chez Vigilante la concierge et distribuant largement... Non seulement rackettés mais consentants — condition de leur intégration —, ils pouvaient à leur tour se prévaloir d'une « protection », participer aux « coups », aux réunions et aux groupes qui se formaient et avaient ainsi l'impression d'avoir une place — et peut-être même une importance — dans ce monde fermé qu'était l'internat avec ses mœurs où le faible, celui qui est différent, vivait difficilement.

Parfois, si une bagarre couvait entre petits on voyait l'un d'entre eux partir se réfugier près d'un grand, protecteur désigné, lequel n'intervenait pas mais dont la présence et la caution suffisaient pour signifier « ne le touche pas sinon tu auras affaire à moi ».

Petit sixième naïf, franc et peu au courant des pratiques, Michel avait une fois réclamé un peu fort après que son fromage eut été « retaillé » et réduit à une simple croûte... Un pion s'en étant mêlé, à la sortie du « réf. », il avait été saisi au collet, secoué, menacé par un grand qui, subitement, sans doute un peu honteux de s'en prendre à bien plus jeune que lui, l'avait lâché non sans lui lancer : « Petit con, va ! »

La leçon porta. Il y a des moments où subir est salvateur, regimber dangereux.

Aller se cacher pour allumer une cigarette dans un coin et se la passer pendant que l'un d'eux faisait le pet procurait un sentiment sans égal d'appartenance au groupe. Ce qui comptait c'était de transgresser l'interdit et le danger qui s'ensuivait.

Les repas, cependant, n'étaient que rarement gangrenés par ces pratiques. La préoccupation était de pouvoir manger à sa faim tout simplement.

Des tickets circulaient encore dans le commerce lorsqu'en 1947 Michel entra en sixième ; on peut alors imaginer ce que pouvait être l'approvisionnement d'une pension au compte puisque le service de bouche était privé, soumis à aucun contrôle ni obligation. Le Patron et son « Rat » avaient le chic pour faire accommoder les restes, mais c'étaient surtout d'énormes gamelles de pâtes ou de pommes de terre qui constituaient la base des menus, ces dernières farineuses et parfois mal cuites portaient souvent des traces noirâtres, marques de gelures ou de chocs mais servies ainsi.

On mettait du sel pour donner du goût.

C'est inimaginable ce que saler peut permettre de faire passer : saler ces gamelles de pois cassés roboratifs et fades dont on disait qu'il ne fallait pas en laisser dans les plats car là — on en était sûrs — les restes reviendraient sous forme de soupes le soir même ou le lendemain ; saler le bouillon pour cacher le goût de gras ; saler la saumonnette qui arrivait sur les tables invariablement nappée d'une sauce verte au contenu indéfinissable ; saler le boudin noir suant de graisse ; mais ne pas saler la morue déjà mal dessalée et dont les arêtes étaient soigneusement alignées au bord des assiettes puis méticuleusement comptées. Un record de soixante-trois pour une part fut atteint une fois.

Et puis les abats !

Michel n'avait jamais mangé auparavant de cœur, de foie de porc, de tripes ou de mou...

À la campagne, même pendant la guerre, l'approvisionnement avait été suffisant et parfois même abondant. Le père Roux avait élevé un cochon dans une grange un peu isolée du village. Tous les voisins le savaient et beaucoup, d'ailleurs, faisaient comme lui, cette économie cachée permettant de parer aux privations auxquelles les événements et l'Occupation contraignaient la majorité des familles.

Ici en pension la cuisine était tout simplement infecte et, couper une tranche de mou avec un couteau mal aiguisé relevait de l'exploit ! Mais quand on a douze... quinze ans, que l'on a faim, l'odeur d'un mets est toujours appétissante. Un jour, alors qu'il était entré dans la cuisine pour y chercher une éponge, Michel avait constaté la vétusté des installations, la crasse des grands faitouts cabossés et la noirceur des murs auréolés de larges plaques noires peu ragoûtantes où fleurissait le salpêtre. Il avait failli en avoir la nausée.

On disait qu'il y avait des rats à la dépense, qu'on y avait trouvé des cafards. Les haricots blancs étaient soi-disant pleins de vers. Il se racontait que la Miss ne se lavait jamais… tout un paysage et des personnages réunis incroyablement dans ces installations désuètes aménagées tant bien que mal en demi-sous-sol de l'ancien bâtiment monacal.

Heureusement qu'il y avait le cochon ! Et même si les beaux morceaux (jambons par exemple) n'étaient jamais parvenus jusqu'aux élèves, les couennes, les graisses... amélioraient les bouillons du soir, qui permettaient de temps à autre une pêche « miraculeuse » ! En effet, lorsque avec suspicion et curiosité un élève, à l'aide de sa fourchette, en sortait un morceau mou et indéterminé, ceci suscitait les remarques et questions des autres. Là encore les opinions variaient sur l'origine, la nature de la découverte, et le bénéficiaire, dans le doute, n'insistait pas déposant sa trouvaille sur le bord de son assiette, surtout lorsque son voisin lui avait glissé à l'oreille : « On dirait une peau de couille ! » La tablée partait alors d'un grand éclat de rire, chacun renchérissant pour finir de transformer le doute en certitude... et c'est ainsi qu'était délaissé peut-être un bout d'oreille ou de museau. « C'est le trou du cul ! Regarde la couleur » et le « découvreur » de faire la grimace, mais il fallait bien finir sa soupe, de toutes façons, pour libérer l'assiette.

Enfin, comme pour la soupe du soir, le petit déjeuner du matin était déjà dans les bols lorsque les élèves arrivaient au réfectoire : sempiternel « café eau lait » comme disaient certains (proportions établies sur 10 : café 2, eau 5, lait 3).

Seul le pain était mangé avec envie. Les élèves se jetaient dessus dès leur arrivée à table, sitôt que le pion, surtout soucieux de discipline, les avait autorisés à s'asseoir en tapant dans ses mains.

Michel apprit dans ce réfectoire la camaraderie, le partage, les contestations aussi lorsque le dernier à se servir découpait les parts de toute la table — fromage ou autres — ou comptait sur chaque mini-grappe les grains de raisin, afin que chacun en ait le même nombre. Chaque année, le deuxième ou troisième jeudi de janvier était attendu avec impatience par les élèves internes : on fêtait la Saint-Charlemagne !

Le menu du jour était amélioré puis, en fin de repas, la galette des Rois était offerte par l'amicale des anciens élèves.

Au moment du dessert, donc, arrivaient au réfectoire accompagnés du principal, quelques vieux messieurs, leur président, un lieutenant-colonel, un pharmacien de la ville ainsi que deux ou trois autres ratatinés qui prenaient des airs ampoulés jetant des regards attendris sur les enfants comme sur une couvée, parfois s'approchaient d'une table pour entamer une discussion, un questionnement plutôt... « Oui, monsieur, la soupe est bonne » mais on n'ajoutait pas « aujourd'hui seulement ».

Ces messieurs discutaient entre eux en bout de salle, faisant durer le plaisir, ce qui n'arrangeait pas les élèves pressés de monter au dortoir après le repas pour se changer et filer au plus vite en ville !

Enfin, le président sortait un papier de sa poche et lisait, le réfectoire tout entier écoutant dans un silence apparemment religieux, quelques regards en coin entraînant des fous rires à demi contenus tandis qu'à la table des terminales on jouait au « poil » avec les phrases : le président parlait de la vertu du travail (poil au poitrail), de la réussite sociale (poil à l'astragale), mais là Piffard fut battu par Destrem qui termina plus vite que lui avec (poil à la dalle), de la discipline (là toute la tablée trouva en même temps...) ou des satisfactions que vos parents tireront de votre réussite (*idem...*) lorsque les chers petits seraient reçus (là la rime était interdite par convention), et ça durait, durait... jusqu'à ce que enfin soit prononcée la seule phrase que tout le monde attendait :

« ... et nous vous demandons, monsieur le Principal, de bien vouloir être indulgent en supprimant les retenues qui sont pendantes. »

« Pendentès » fit Bergaud imitant la prononciation latine et enchaînant « donc poil aux pendantes », mais un tonnerre d'applaudissements retentissait alors et le point fut annulé.

Avec six « poils » d'avance sur Bergaud et deux sur Michel, Destrem avait donc obtenu le droit de couper la galette de la table ! Et le Patron, prenant la parole, remerciait et accordait son indulgence (poil à la panse, mais on ne jouait plus).

« Pour une fois qu'il ne dit pas de connerie ! » fut le remerciement de Massat qui voyait donc sa colle de l'après-midi supprimée ainsi que celle du dimanche suivant.

Le repas amélioré, la galette, et les punitions levées, c'était un beau jour !

Au repas, on pouvait parler, c'était même le seul rassemblement formel où les élèves pouvaient discuter entre eux, raconter des histoires, surtout préparer la récréation qui suivrait et durant laquelle il ne faudrait pas manquer les nombreuses occupations ludiques qui selon les âges et les saisons étaient changeantes et liées à des modes.

Lors des récréations, les jeux étaient surtout pour les petits. Après le repas du soir, dans le noir de la cour, les préaux, les recoins que comportait le bâtiment, le cache-cache était fréquent, les équipes formées à l'avance ; il était d'ailleurs le seul jeu possible. On ne pouvait rien faire d'autre sauf lorsqu'il pleuvait et que faute de préau suffisant des élèves se réfugiaient sous l'auvent devant les cabinets.

La première semaine après la rentrée d'octobre, période où la pénombre commençait à gagner la cour après le repas du soir, se déroulait le « bizutage ».

BIZUTAGE. Le mot seul faisait peur et la moitié de l'objectif des grands était de ce fait déjà atteint lorsqu'ils envoyaient un troisième chercher — caché dans un W.-C. ou quelque recoin sombre — un nouveau de sixième.

Le petit était blême lorsqu'il arrivait devant le « comité », toujours derrière la salle de dessin, loin du regard des pions ce qui accentuait le désarroi du futur « intronisé ».

À peine sorti de son village, découvrant un monde nouveau aux mœurs parfois bizarres, perdu entre les changements de salle, les disciplines nouvelles, un règlement de tous les instants... voilà que lui tombait dessus ce fameux bizutage dont les cinquièmes et quatrièmes qui l'avaient subi à leur arrivée un ou deux ans auparavant leur contaient des péripéties horribles ; ils se voyaient déjà enfermés dans un mystérieux « caisson », précipités à la cave, passés au cirage et toute autre promesse — bien entendu inventée pour finir d'affoler le jeune niais. En réalité, c'était moins grave !

On lui demandait son nom puis, inévitablement, s'il avait une sœur ; en cas de réponse positive, il devait donner son prénom, son âge, la décrire. Le gosse, évidemment, décrivait la couleur des cheveux, donnait sa taille...

« Et ses nichons ? elle a des nichons ? »

Alors, il fallait dire si on les avait vus, s'ils étaient gros, et les réponses entraînaient des bourrades gentilles lorsqu'il renâclait devant ce genre de propos mais qui dans le contexte prenaient la forme de gestes menaçants. Parler de sa sœur dans ces termes, avec ces détails, nul n'y était préparé, beaucoup rougissaient quand les questions devenaient plus intimes.

Pour un jeune gars de la campagne qui, tel Michel, débarquait déjà perdu dans un endroit où il ne connaissait personne, la scène prenait une tournure dramatique. Certains pleuraient, d'autres voulaient s'enfuir, criaient — non de ce qu'on leur faisait mais de ce qu'ils supposaient qu'on allait leur faire. Piffard avec son grand couteau — qu'il avait ouvert ostensiblement — et dont la lame faisait bien douze centimètres de long, était censé couper la « queue » de ceux qui porteraient le pet ou feraient les lèche-culs, et, l'ambiance aidant, la mutilation devenait crédible, le bizuté prenant tout pour argent comptant, promettant n'importe quoi pour se sortir du piège dans lequel il était tombé.

Les grands accomplissaient là, à leur tour, ce qu'ils avaient eux-mêmes subi six ou sept ans auparavant.

C'était un amusement, sans plus, rarement une brutalité ou une humiliation. On faisait ça par habitude, pour continuer la tradition et surtout parce que les grands, c'étaient les grands, c'est-à-dire ceux que toute l'année depuis la sixième et puis bien longtemps après, parfois, ils allaient admirer, imiter la façon de se coiffer, envier pour les conquêtes féminines dont on parlait et surtout, avoir la faveur de porter leur sac de sport les jours de match de foot.

Les grands, c'était la cigarette, les conciliabules pendant la récréation quand se préparaient les rendez-vous du dimanche... des choses qu'ils avaient l'air de savoir et que les petits auraient bien voulu apprendre.

« Va jouer avec les autres merdeux ! » était-il annoncé à celui qui s'approchait un peu trop près d'un groupe.

Le bizutage c'était surtout la nécessité d'affirmer son état de grand et d'éviter aux petits d'être indiscrets sur ce qu'ils voyaient ou entendaient car les délations étaient monnaie courante. Il est vrai que le Cric ou même le Patron étaient soupçonnés de faire pression sur les petits pour savoir ce qui se passait à l'internat. Aussi, lorsque l'un d'eux ressortait du bureau il était cueilli au passage avec : « Qu'est-ce qu'il t'a demandé ? qu'as-tu dit ?... » et le comité d'accueil — souvent peu rassuré — essayait de se préparer au pire car ces visites au Bureau suivaient bien souvent un coup fumant perpétré quelques jours auparavant.

Mais, la plus grande punition était infligée pour crime de « lèse-grand » : un cafardage, une moquerie, une bousculade ou par inadvertance « gêner » un grand, faire tomber ses affaires... un rien entraînant la sanction immédiate : la prière !

Un jour, Michel avait bousculé Bénazet, dit « le Canard », au coin d'un couloir.

Aussitôt, il fut plaqué au sol, à genoux :

« Vingt fois et je te regarde ! »

Alors Michel, les yeux fermés comme c'était imposé, commença ses incantations en se prosternant et répétant à chaque fois qu'il mettait la figure au sol :

> *« Allah est grand mais Bénazet est encore plus grand,*
> *Allah est grand mais Bénazet est encore plus grand... »*

et au bout d'un moment des rires s'élevèrent tout autour de lui. Bénazet, évidemment, avait disparu et le Craspec se tenait à sa place, rigolard car il connaissait le rite. Michel, tout honteux, n'avait plus qu'à se relever et rire à son tour.

N'ayant pas de sœur, emprunté et naïf, peu futé et complètement perdu, Michel n'eut droit qu'au minimum, mais ceux qui voulaient faire les malins, se moquer, qui montraient un peu trop de personnalité étaient secoués un peu plus rudement ou alors ils s'entendaient dire :

« Puisque tu es si fort, saurais-tu faire tomber une pièce de monnaie posée sur ton front dans un entonnoir enfoncé dans ta ceinture de pantalon ? »

Et un grand lui montrait comment, la tête renversée en arrière et grâce à quelques grimaces, une pièce pouvait glisser sur le visage, ensuite vers la ceinture le long du pull-over puis enfin atterrir dans l'entonnoir.

L'innocent, fier de montrer qu'il était aussi adroit qu'un grand, enfournait l'entonnoir dans sa culotte (à l'époque en sixième tous les garçons étaient en culotte courte), posait la pièce sur son front et commençait la manœuvre ;

« Tu es prêt ? Attention de ne pas laisser tomber la pièce, sinon... »

Et c'était bien sûr à cet instant, alors que le petit regardait vers le ciel, forçant ses grimaces afin de faire doucement glisser la pièce du front vers sa joue, alors qu'il était concentré, que les autres en profitaient pour verser le contenu d'une bouteille d'eau dans l'entonnoir...

Le temps de s'en apercevoir, de sentir le froid de l'eau dans le slip, d'arracher l'entonnoir, le mal était fait.

« Eh ! voyez donc celui-ci qui pisse dans sa culotte ! » et tous de rire.

Selon leur réaction, les intéressés étaient catalogués : ceux qui râlaient, ceux qui disaient qu'ils allaient dénoncer, ceux qui pleuraient... étaient des minables à éviter ; ceux qui réagissaient bien : « tas de salauds, vous m'avez bien eu ! »... avaient quelque chance, si leur technique le leur permettait, de venir s'intégrer à une équipe de « sauce » si jamais les équipes étaient incomplètes, pour ces matches aux règles bizarres disputées rituellement dans la cour entre les terminales et les autres niveaux.

Un pape est mort, un autre est appelé à régner. « Araignée », quel drôle de nom pour un pape ! Pourquoi pas « libellule » ou « papillon » ?

Et le bizuté était prié d'aller demander à Gustin qui faisait les cent pas dans la cour pourquoi on avait appelé le pape « araignée ». Selon l'humeur de l'instant du répétiteur que l'on savait anticlérical, une baffe pouvait bien partir sans prévenir et souvent la seule brutalité du bizutage pouvait se produire à cette occasion.

Puis, le bizutage passé, les habitudes se prenaient, les grands entre eux, les petits jouant et découvrant la vie de l'internat, les soirs de cafard et les moments difficiles.

De cette vie en commun naissaient des complicités profondes, des liens amicaux qui se tissaient pour la vie, à cet âge où le copain, le groupe, c'était le partage de tous les instants. Souvenirs mitigés des dimanches de colle avec les longues promenades insipides dans la campagne, les circuits bien établis, toujours les mêmes, les fous rires contenus lors des gueulantes des pions en étude et puis les raclées de temps en temps, les insultes parfois. Et toujours le règlement, les rangs, le silence, le claquement des mains qui autorise à s'asseoir, à se lever, à se déshabiller, à sortir d'étude... étaient des contraintes qui permettaient à chacun de se construire, de se situer, de se forger une personnalité sociale dans cette vie de communauté loin du soutien des parents, sans réconfort possible de la part des adultes. Les rapports de force, les manques d'intimité et les conflits sont des moments où chacun se retrouvant seul pour décider renforce, par les erreurs commises ou les mauvais choix que l'on prend parfois, ses premières expériences de la vie sociale.

Michel n'avait plus de secrets pour les autres et les autres n'en avaient plus pour lui. Par la force des choses, ils étaient devenus des frères et ce qui touchait l'un les touchait tous. Autant dans leurs actes d'indiscipline, leurs bêtises et leur recherche d'originalité pour les mettre en pratique que pour le travail de classe, ils formaient un bloc indivisible — à part évidemment quelques-uns qui gardaient leur réserve comme Damiel qui ne voulut jamais chanter en revenant du stade car, pour lui, les paroles étaient obscènes ou Ricard que l'on venait chercher au collège en voiture et qui ne montrait que dédain pour ses condisciples, ne restant au collège de Saviers que deux ans avant d'être inscrit à Toulouse, dans une « boîte à curés » comme on disait.

La vie à l'internat forge le caractère : la défense de ses intérêts, la discipline, les bagarres et les injustices... tant d'épreuves que ne connaissent pas les externes ; le repli sur soi lorsqu'il le faut, mais aussi les moments inoubliables de réunions autour d'un casse-croûte improvisé au fond de la cour comme le jour où Piquemal avait trouvé un saucisson « orphelin » — puisque le propriétaire ne s'était pas manifesté — ou dans le noir après-dîner, à l'heure des récréations hivernales que l'on passait en réalité au chaud dans une salle « réquisitionnée » après une escalade de fenêtre alors que les autres se gelaient dans la cour, attendant la sonnerie avec impatience et inaction. Et ces instants de fous rires inextinguibles après une farce ou pour une histoire cocasse, des riens simplistes et si précieux comme le partage d'une clope à quatre dans un coin bien caché, les uns râlant si un autre aspirait trop longuement ; actes simples et désuets mais expression de la formation des caractères à une époque où les enfants étaient traités comme des êtres sans responsabilité, dont les idées étaient niées, les initiatives bloquées, car considérées comme des révoltes mettant en cause l'autorité des adultes et comme des attitudes inexcusables.

La seule ouverture sur le monde était l'école.

En ville, aucune activité à part le cinoche au Palace. Pas de revues, de télévision, de disques. Seule une piètre et minable bibliothèque classique aux titres antédiluviens, livres que l'on ouvre puis referme à la troisième page, choisis par des adultes et non par des jeunes. Pas de sorties et pour la majorité pas de départ en vacances à la mer ou en voyage.

Alors, dans ce contexte fermé on se contentait de peu, tout était bon à prendre et en raison de la piètre collection de livres de la bibliothèque, beaucoup d'élèves, en étude lors d'un moment libre, prenaient un dictionnaire et en lisaient sans fin les définitions, les citations des pages roses ou la biographie des hommes illustres...

Michel arrivé niais et un peu sauvage, plus préoccupé de savoir comment pêcher à la main une truite dans le ruisseau du village ou comment confectionner une fronde pour chasser le moineau dans le pailler de la cour de la ferme paternelle, dut apprendre une autre façon de vivre, assimiler les contraintes de la vie communautaire — celle où avant de la suivre il faut durement la subir, se taire, la « fermer » alors qu'on a envie de hurler devant l'injustice, baisser la tête et accepter ce que son caractère et sa nature refusent.

## VII

## L'inconfort du gîte

MICHEL NE DORMAIT PAS ; il regardait au plafond du dortoir le grand carré de lumière que le réverbère d'en face, dans la rue, projetait à travers les vitres de la fenêtre.

Il se souvenait de sa première nuit au collège lorsqu'il était entré en sixième, couchant pour la première fois loin de la maison, sans le bisou que venait toujours lui donner sa mère avant d'éteindre la lumière, sans les nounours de son enfance rangés sur l'étagère avec ses jouets.

Première nuit dans ce lit inconnu, le silence troublé par des ronflements, des bruits de sommier et les pas du pion qui, régulièrement, faisait le tour du dortoir, attendant avant son coucher que tous les élèves soient endormis ; ce pion sortant de sa cabine de tissu blanc formée de simples rideaux qui pendant jusqu'au sol entouraient son lit placé au centre du dortoir de quarante places. Pour lui aucune intimité non plus. Il y était un peu à l'abri des regards mais on voyait quand même de grandes ombres sur le tissu lorsqu'il se déshabillait ; ce pion qui faisait une ronde interminable. Le parquet craquait sous ses pas et on pouvait le suivre au bruit, sachant même lorsqu'il stationnait devant une fenêtre pour regarder à l'extérieur vers la rue et la ville.

Michel avait découvert les habitudes des autres élèves : ceux qui avaient une chemise de nuit et ceux qui gardaient au lit leur chemise de jour ou bien ceux qui, l'hiver, mettaient leurs habits sous leur couverture pour les avoir chauds le lendemain matin à l'habillage ; régulièrement tous subissaient les contrôles du pion pour vérifier que les slips avaient bien été enlevés pour la nuit ou que l'on ne couchait pas en chaussettes... Il faut dire que le dortoir n'était pas chauffé et que seule de l'eau froide coulait aux robinets des lavabos alignés le long d'un mur. Aussi, la toilette du matin était rapide, plutôt au mieux un débarbouillage — et encore pas toujours quotidien — même parfois inexistant lorsque de la glace venait se figer sur les vitres à l'intérieur et que de la buée sortait de la bouche des élèves lorsqu'ils soufflaient dans leurs doigts.

Ces conditions de vie étaient spartiates et, dans l'ordre des choses il n'y avait pas de douches au collège. Ces dernières étaient programmées une fois par semaine, dans les vestiaires du stade, en dehors de la ville où les internes se rendaient en rangs. Ils y entraient par groupes de vingt et là, sous des nuages de vapeur, tentaient de se savonner sans glisser sur le ciment du sol. Tout à coup, depuis de modestes pommes de douche en fer blanc, giclait une eau bouillante — « Trop chaud, trop chaud ! » criaient-ils alors — parfois suivie d'une arrivée subite d'eau froide, inattendue, lorsque dans sa manœuvre l'agent communal tournait trop son robinet. Alors on entendait hurler et tous, nus, s'écartaient, plaçaient prudemment la main sous le jet maigrelet pour en estimer la température puis revenaient dessous se rincer. Sur ce ciment de la précaire installation sportive municipale c'était un simulacre de lavage, les garçons craignant l'instant où il n'y aurait peut-être plus d'eau chaude du tout et où certains n'auraient pas eu le temps d'enlever le savon qui les couvrait.

C'est pourquoi Michel et les autres, loin de la vue du pion accompagnateur resté dans la salle de déshabillage, se mouillaient un peu, surtout la tête — preuve que l'on s'était mis sous l'eau —, et à la fin de la séance, ressortaient, cheveux bien trempés pour l'inspection du pion avant de se rhabiller rapidement et d'aller sur la pelouse du stade, été comme hiver, attendre que tous les groupes aient terminé avant de repartir, en rangs, appréhendant déjà la semaine suivante et le retour de cette foutue séance si redoutée.

Marinette, la grand-mère qui faisait office de lingère et de secouriste, donnait bien de temps à autre son avis sur l'état de santé d'un élève et demandait la dispense de douche mais la multiplicité des « cas » avait fait capoter cette façon d'échapper à la corvée. Il y avait douche donc il fallait aller aux douches ! Le Patron, gestionnaire personnel de la vie des internes, ne voulait pas qu'il lui fût reproché un manque d'installation au sein même du collège, alors...

Le long des murs s'alignaient toutes les penderies avec leur rideau de toile écrue et l'étiquette du « locataire » de l'année agrafée dessus ; devant elles une rangée de lits faisait le tour du dortoir ; une autre s'alignait au centre où là, comme en étude pour ceux qui avaient leur table au milieu de la salle, les pensionnaires étaient obligés de se déplacer pour aller chercher leurs affaires. Avec autorisation !

Les élèves n'entraient au dortoir qu'en rangs. Ils attendaient ensuite, debout au pied de leur lit, en silence, et lorsque le pion frappait dans ses mains ils avaient dix minutes pour préparer leur coucher et c'était l'extinction des feux, le silence absolu étant alors la règle.

Michel, lui, allait toujours aux toilettes dans la cour avant la montée au dortoir où les W-C voisinaient avec les lits dont ils n'étaient séparés que par une simple cloison bouchant un angle de la pièce, équipés d'un siège à la turque précédé d'une longue marche en ciment de plus de deux mètres légèrement en pente vers le trou, ce qui faisait que la nuit les élèves qui se levaient pissaient en bout de marche, l'urine s'écoulant lentement vers la cuvette. Ils laissaient deux mètres de sol mouillé devant eux jusqu'à l'évacuation... Inutile de dire dans quoi marchait celui qui, par besoin, devait aller jusqu'au siège, encore heureux s'il était venu en pantoufles, sinon il rentrait dans ses draps les pieds humides.

Pas de veilleuse propre au dortoir qui bénéficiait seulement de la lumière diffuse du réverbère de la rue. C'était suffisant pour se déplacer entre les lits mais insuffisant dans cet espace réduit avec la pénombre du coin cabinets. Les petits avaient peur dans le noir, aussi combien de fois les matins une « sentinelle » trônait juste derrière la porte, déclenchant des torrents de vociférations de la part du pion.

L'été, malgré les grands seaux d'eau que les élèves de corvée balançaient sur le ciment, restait une odeur « d'ammoniaque » (avait dit le Colco, le prof de physique à qui la question avait été posée) mélangée à celle de l'eau de Javel et qui se répandait dans le dortoir malgré le fenestrou toujours ouvert.

Beaucoup, évidemment, allaient pisser dans un lavabo !

C'est au collège que Michel avait découvert le siège à la turque. À la ferme le cabanon W-C était adossé à l'étable et la vidange de la fosse se faisait avec le fumier. À l'école du village l'installation était dans la cour sous un auvent à peine fermé. Contre le mur du fond était fixée à hauteur de siège une longue planche trouée tous les soixante centimètres qui permettait, de front, à quatre élèves simultanément de s'asseoir pour leurs besoins. Pas de cloison entre eux, et avant de s'installer chacun prenait une provision parmi les carrés de papier découpés régulièrement par l'instituteur dans le journal local et empalés sur un crochet de fil de fer fixé au mur.

Lorsqu'un élève ne se levait pas un matin, se disant malade, il devait rester au dortoir, le collège n'ayant pas d'infirmerie.

Vers neuf heures il voyait alors arriver Marinette la lingère portant invariablement un bol de bouillon et... le thermomètre.

La femme avait ses remèdes de « bonne femme », simples et dérisoires.

En général, les « maladies » étaient quelque rhume (cataplasme à la farine de lin, application systématique), mal au ventre (bouillotte sur le ventre et à chaque fois jeûne) ou mal à la gorge (grog à l'eau-de-vie, pas mauvais du tout ou alors badigeon au fond de la bouche avec du bleu de méthylène sur un coton au bout d'un bâtonnet, moins agréable).

Le thermomètre une fois rendu par l'élève alité, Marinette en faisait la lecture à la lumière d'une fenêtre, le secouait pour faire descendre le mercure et en essuyait ensuite rapidement l'extrémité au dessus-de-lit d'à côté. Personne ne disait rien. C'était comme ça.

D'après Piffard, toujours à l'affût d'astuces plus ou moins douteuses, au lieu de prendre sa température, il fallait, bien caché sous les draps, frotter énergiquement le bout argenté avec deux doigts, pouce et index, afin de chauffer le thermomètre et ainsi rendre la « maladie » plus évidente. Il cassa ainsi deux instruments et les fois suivantes, Marinette lui mit d'office l'embout dans la bouche, l'intéressé n'appréciant pas beaucoup ce changement comparativement aux autres usages habituels.

Il y avait aussi les « malades » à cause d'une composition prévue dans la journée, mais de la même manière des séances de rattrapage étaient prévues. Ce genre de simulacre était marginal.

Les simulateurs étaient des paresseux, ceux qui voulaient sécher un cours, rester bien au chaud dans le lit au moins la matinée, et qui avaient envie de flemmarder.

Inutile de dire qu'il n'y avait pas de malade le jeudi matin — sortie de l'après-midi obligeait — ni le samedi pour la même raison !

Une fois, le Patron réalisa que les « malades » étaient souvent des voisins de lit ; facile après le départ de tous les autres de discuter, raconter des histoires, taper une belote... Un matin il surprit ainsi deux élèves et, comme par hasard, pendant les semaines qui suivirent il n'y eut plus de malades.

Pour plus grave il fallait faire venir le docteur. C'était rare. Un jour cependant tout un dortoir eut la colique... vraisemblablement à la suite d'un repas aux plats un peu douteux.

C'est au dortoir que les internes préparaient leurs sorties, surtout celles du jeudi qui permettaient des escapades en ville après la troisième.

Dès le repas de midi terminé les élèves quittaient leur blouse de travail scolaire, grises et tâchées d'encre, parfois rapiécées, et se mettaient « sur leur trente et un ».

On voyait cirer les chaussures, sortir de la valise une chemise propre ou le pantalon des dimanches bien rangé à plat sous une pile de draps dans l'armoire afin de conserver son pli, le savon à barbe et les lames Gilette faisaient leur apparition vers les quinze seize ans, tout comme la cravate que Michel faisait nouer par un copain car il ne sut jamais réussir les nœuds comme c'était la mode, gros et réguliers laissant un pan large sur la poitrine. C'était lors de ces habillages que l'un ou l'autre recherchait le blouson, la veste ou le gilet, prêtés par un copain, qui lui permettraient de faire montre de chic, de changer sa mise puisque les garde-robes étaient limitées au strict minimum.

Une année, on ne sut jamais pourquoi, débarqua à Saviers, venu d'Afrique, un « nègre », comme on disait à l'époque sans connotation raciste ou méprisante.

Michel se souvenait de la scène lors de son arrivée. C'était un matin lors d'un cours de chimie, ils étaient sortis de la salle du Colco pour laisser s'évacuer l'odeur d'œuf pourri qui s'était répandue pendant une expérience et attendaient dans le couloir lorsque Piffard regardant dans la cour s'exclama :

« Putain, con ! un nègre dans la cour ! »

Aussitôt, tous se collèrent aux vitres des fenêtres pour voir.

Pour la plupart, venus des villages éloignés ou des petits bourgs ruraux perdus dans la plaine, c'était un événement. Beaucoup n'avaient jamais vu de Noirs, sauf peut-être au cinéma... la réclame Banania, ou en photo sur un des ouvrages de la bibliothèque où étaient vantées les richesses des colonies.

« Il joue peut-être bien au foot !... C'est peut-être le fils de Ben Barek... (la vedette d'alors de l'équipe de France) » et tous de rêver d'appeler un copain Ben Barek.

« En tout cas, déclara un autre plus pragmatique, s'il est interne, avec le froid du dortoir, sûr qu'il va crever. »

Ulysse, c'était son nom, entra en seconde, interne, ne creva pas plus de froid que ses condisciples, ne jouait pas au foot et fut tout de suite surnommé « l'ami noir » — laminoir car Saviers avait des hauts fourneaux et de la métallurgie lourde. Le surnom avait donné lieu à débats, certains penchant pour Banania mais on fit remarquer qu'il y avait en ville un autre Noir ainsi surnommé et il fut opté pour « l'ami noir » que l'on ne regretta pas car le gars était sympathique même s'il se fâchait un peu parfois lorsqu'un petit venait le regarder sous le nez avec un peu trop d'insistance.

Piffard le prit sous son aile, l'initia à l'argot, et un jour Ulysse déclara à l'Œuf qu'il s'était « entorsé le panard ».

Il se fit remarquer par ses costumes trois-pièces, ses chemises blanches immaculées dont il fermait les manches à l'aide de boutons de manchette dorés, ses gants beurre frais qu'il prenait été comme hiver et ses chaussures noires vernies.

Les internes, tous fils de paysans des alentours, regardaient avec étonnement ce garçon de leur âge habillé comme un « monsieur » le jour d'un enterrement.

Lors des séances d'habillage en début d'après-midi il sortait de cartons des chemises toujours repassées de neuf, livrées on ne savait par qui chez Vigilante, alignait son trois-pièces sur son lit, possédait bien cinq paires de chaussures mais ne put — l'aurait-il voulu d'ailleurs — en prêter une seule à quiconque : à seize ans il chaussait déjà du 45 !

On se gaussait évidemment de ces tenues de fils de « roi nègre ». Il était un peu jalousé mais plus pour l'argent qu'il avait que par sa mise que les plus féroces comparaient à celle d'un croque-mort, d'autant que les jours de pluie il arborait un magnifique parapluie noir, le même que celui que l'on voyait parfois aux actualités du Palace lorsqu'on montrait les cérémonies aux colonies.

À la caserne, un adjudant de quartier surveillant la sortie des permissionnaires n'aurait rien trouvé à redire des tenues des élèves partant en ville, à part quelques coquetteries de certains.

Les lunettes de soleil tout d'abord, luxe à l'époque car rares et chères, chaussées dès le portail franchi et qui donnaient tant de chic — pensait-on —, les pochettes blanches pliées en triangle que laissaient dépasser de la poche pectorale ceux qui avaient un veston, le pantalon à pattes d'éléphant, les chaussures à larges semelles de crêpe, tout ce qui fallait pour se sentir pousser des ailes en descendant la rue du collège et aller s'installer au « commerce » *Chez Belci* demander un « piquet » pour la belote tout en faisant durer le plus possible la consommation. La bourse était peu garnie parfois.

Ce soir-là, longtemps après que le pion eut terminé sa ronde puis éteint la lumière de son chevet, Michel, pensant, à entendre sa respiration régulière, qu'il était endormi, se leva avec précaution. Il avait rendez-vous au fond du dortoir avec Blazy qui, tous les soirs, sous ses draps, manœuvrait le bouton de son poste radio. L'engin, grand comme une boîte de sucre, avec deux élastiques qui tenaient les piles sur le côté, possédait un petit grattoir que l'on faisait aller et venir sur un morceau de galène. Dans les écouteurs que l'on enfilait — parfois entre deux sifflements ou crachotements — parvenait un vague murmure de voix où il pouvait se faire — on s'en persuadait — que l'on entendait un peu de musique. C'était pas terrible !

« C'est parce que tu ne sais pas le faire marcher ! Moi j'écoute tous les soirs... » râlait Blazy presque vexé que l'on mette en doute la qualité de son appareil.

Il fallait le croire et Michel, comme d'autres avant ou après lui, fit le déplacement et, à genoux entre deux lits, retenant son souffle, attentif à tout mouvement éventuel du côté de la cabine du pion, s'essaya à gratter la galène.

On avait le sentiment de participer à quelque prodige technique doublé de l'interdit de quitter son lit.

Les petits l'apprirent et leur admiration pour les grands redoubla ainsi que leur impatience d'être eux-mêmes bientôt dans ce fameux dortoir où une semaine, profitant d'une porte restée ouverte en journée, « on » avait osé faire le lit du pion en portefeuille.

L'affaire du poste revint aux oreilles du Cric, puis du Patron, amplifiée évidemment comme toutes les rumeurs.

Une fouille fut organisée. L'appareil était bien caché. « Les cons ne trouvèrent rien », mais des générations d'élèves colportèrent longtemps l'information, même plus tard à une époque où le transistor avait pris le relais, parlant des « anciens » avec admiration, eux qui savaient faire des « coups ».

Un coup justement, il y en eut un en 1953, en mai.

Les vivres étaient interdits au dortoir mais beaucoup y conservaient malgré tout quelques biscuits, du chocolat — même s'il était encore rare —, du pain d'épices, des fruits...

Destrem, ainsi, attira des souris qui régulièrement venaient entamer ses petits-beurre. Mais ce fut Piffard qui en attrapa une en la faisant prisonnière au fond d'une bouteille dont elle ne put sortir. Tous les soirs il sortait de sa poche quelques miettes de pain et la nourrissait jusqu'au jour où la souris Caroline — c'était aussi le nom de la fille du principal — mourut.

C'est alors que Delpech — dit « la Taupe » à cause de sa petite taille et de son teint mat — eut une idée originale.

« On va organiser son enterrement en grande pompe ! »

Quelques semaines auparavant tous avaient vu aux actualités Pathé les funérailles de Staline, le défilé, les discours et les chants... On allait faire pareil pour Caroline !

Une concertation eut lieu avec les externes. Chacun apporta une idée ; l'un promit que sa sœur viendrait, l'autre proposa de prêter des habits, un troisième viendrait avec le « corbillard », etc.

Le jeudi suivant tout était prêt. Les internes avaient caché dans des sacs leur déguisement afin de passer sans encombre la porte du collège, les externes eux avaient tout préparé au-dehors.

Sur une brouette recouverte d'un tissu noir était placé le cercueil, une boîte de conserve ornée d'une croix et contenant la souris.

Chacun alors se prépara pour le rôle qui lui était assigné.

Ceux qui représentaient la « famille » en noir, voilette pour quelques filles, chapeau melon pour les garçons, suivraient la brouette précédée du clergé. Le maître de cérémonie était Piquemal ; c'était normal il avait fait trois ans de séminaire avant d'atterrir au collège. Affublé d'un dessus-de-lit rouge tenant lieu de pourpre cardinalice, un gros *Gaffiot* à la main, il psalmodiait entouré « d'enfants de chœur » portant des bougies et assortissant son avancée de signes de croix à droite et à gauche dans le plus pur style des processions qui se déroulaient régulièrement à Saviers pour la Fête-Dieu ou le 15 Août.

« *Per secula secularum* » était devenu (à paroles étouffées) une onomatopée approchante mais aux paroles moins accessibles à toutes les oreilles.

Il distribuait à l'envi des bénédictions avec un tel calme et sérieux qu'on aurait dit un vrai curé.

Le cortège se dirigea vers le centre-ville. Chacun avait cependant le ventre un peu noué par la peur et c'est uniquement parce que le groupe était important que personne ne se dégonfla.

En tête, Piquemal continuait d'ânonner son chant modulé aux paroles incompréhensibles mais dont chaque incantation se terminait par un mot en « us » ou « um » comme dans tout bon latin de cuisine et l'assistance reprenait « amen ».

Cette sorte de chant qui se voulait grégorien sans doute attira les commerçants sur les pas de porte et des fenêtres s'ouvrirent ici et là aux étages.

Sur la place on s'arrêta et religieusement la troupe entonna un

*« Saint Anatole...*
*Saint Anatole*
*priez pour nous*
*et de la colle*
*grand saint préservez-nous*
*(ter, évidemment). »*

Imperturbable, Piquemal guidait sa troupe où les « parents » éplorés, gémissaient, émettaient des ah !, des oh !… alors que Birebent, tapant sur un couvercle de poubelle, rythmait la marche funèbre : « pom pom popom... popopom popom popom... » avec un sérieux de pape, regardant droit devant lui pour ne pas partir d'un grand éclat de rire.

Sur les trottoirs les gens s'arrêtaient, beaucoup riaient, demandaient ce qui se passait et puis tout à coup, au fond de la rue Nationale apparurent deux policiers à vélos. Ce fut la débandade dans les rues adjacentes, chacun essayant de se défaire de ses oripeaux. Bergaud le « suisse » de service avait jeté sa hallebarde de carton dans un couloir. Le seul bien ennuyé était l'externe resté seul avec la brouette empruntée à un voisin et qui n'avait pu se permettre de l'abandonner. En fait, rien ne se passa. Les policiers se firent expliquer puis repartirent et tous furent déçus qu'une si belle fête ait été gâchée par précipitation...

Il resta de l'aventure quelques photographies et... deux retenues car les chandeliers de la chapelle désaffectée du collège avaient été empruntés sans autorisation par les enfants de chœur occasionnels.

« C'était pour faire plus vrai, monsieur... avec les dorures... ! »

Mais, l'exploit resta : l'enterrement de la souris, le réalisme des acteurs, les efforts accomplis pour que tout le décorum soit parfait. Il laissa un souvenir fort dans l'esprit de tous.

Tous s'étaient bien marrés. Trente ans après, passant rue Nationale, le souvenir revenait.

Le dortoir, c'est le lieu où on se retrouve avec soi-même le soir lorsque le sommeil ne vient pas, que l'on pense à la colle qui privera de sortie le dimanche suivant, à la fête du village qui se déroulera pendant qu'on se morfondra en étude ou que l'on parcourra pour la centième fois le chemin des côtes ou les berges de la rivière.

À sept heures du matin, c'est d'abord la sirène de l'usine, puis le pion qui frappe dans ses mains pour faire lever la troupe, obligeant parfois à aller se laver torse nu et transi de froid au lieu de rester quelques minutes de plus au chaud dans le lit.

> « *Et ces cloches qui ne cessent de sonner au couvent voisin, le matin et le soir tard... tin, tin, tin......tin tin, tin, tin......tin tin, tin, tin......tin.* »

Michel se souviendrait toute sa vie de ces tintements et de leur tempo, des soirs de tristesse et de froid, des odeurs et des bruits intimes, de la première fois où il se déshabilla devant les autres, cachant son sexe qu'il croyait trop petit ou son pyjama à fleurs dont il craignait que les autres se moquent.

Dans ce dortoir le caractère et les habitudes de chacun se révèlent à des détails. Damiel connu pour le soin qu'il prenait de ses habits et la façon méticuleuse avec laquelle il rangeait son linge alors que son voisin laissait tout en vrac, son sac de linge sentant le moisi et la crasse. Ceux qui n'avaient jamais leurs affaires et ceux qui utilisaient celles des autres. (Destrem avait une fois emprunté la serviette de Bergaud. Il s'était ensuivi une bagarre sur le « pré » habituel derrière la salle de dessin.) Le lit qui devait être refait au carré, bien bordé, presque militairement. Les lacets des chaussures laissées dans l'armoire qu'il était habituel d'enlever par précaution car ils disparaissaient régulièrement. Les vêtements pliés le soir et enfournés sous l'édredon afin de les retrouver chauds le lendemain matin... Il fallait penser à tout !

Le dortoir, plus que l'étude, est le lieu où on se sociabilise le plus. On s'y met à nu — au propre comme au figuré —, on ne triche pas ; Delpech faisant rouler sa jeune et déjà impressionnante musculature devant la glace des lavabos, de quoi rendre complexé tout un dortoir de garçons encore malingres et mal formés ; Piffard vantant sa virilité, proportionnelle, disait-il, à la longueur de son nez — ce qui n'apparut évident à personne lors des séances de douches —. Les boutons d'acné dont on se préoccupe avant de sortir en ville, qu'on soigne devant la glace avec un peu de « Cologne » pour désinfecter — on ressortait en fait du collège avec de grosses taches rouges sur le visage —.

Mais, le dortoir, c'était aussi un lieu d'intimité lorsqu'au lit on se recouvrait la tête avec le drap pour créer son petit nid bien chaud, où on se racontait des histoires, où on s'inventait des situations, où on se construisait — pour la première fois de la journée, seul — un petit monde personnel loin des pions, des colles, du travail scolaire et des autres, échappant ainsi à la contrainte disciplinaire continuelle qui réglait, minutait, codifiait toute action, tout déplacement...

Dans ces instants, Michel revenait au village, revoyait les lieux qui lui étaient chers, les haies où il allait, avec sa fronde, chasser les moineaux, la rivière et les petits bassins qu'il creusait dans le sable de la rive pour emprisonner les gardons qui venaient y manger la mie de pain servant d'appât. Combien de fois s'était-il demandé ce qu'il faisait là à l'internat au lieu de suivre une vie calme et toute tracée en reprenant l'exploitation familiale, ce qui lui semblait être la facilité... mais d'un autre côté il voyait les gens de la ville avec le cinéma, les cafés, les magasins... à proximité, ces gens qui souvent partaient en vacances et ne travaillaient pas le dimanche comme ses parents...

Chaque année, en juin, les terminales partaient. En septembre, on entendait dire que Delteil était employé à la mairie, que Sébastien travaillait aux Ponts et chaussées... et on ne savait pas si c'étaient eux qui avaient raison ou bien ceux qui poursuivaient leurs études en faculté.

Les fils de paysans étaient peu nombreux à continuer après le collège, les meilleurs d'entre eux partant « instituteurs » — à l'époque, aux yeux des ruraux, summum de la réussite sociale — !

Le père Roux avait évoqué cette éventualité. Aussi Michel y réfléchissait-il le soir sans oser en parler aux autres de peur qu'en cas d'échec on se moque de lui. Alors, pour lui seul, dans le silence du dortoir, il poursuivait ses rêves et parmi ses vœux les plus chers, il avait celui de posséder une 4 CV Renault rouge comme celle qui était au village depuis quelques mois.

Être pensionnaire à onze ans, côtoyer toute une semaine des grands de parfois vingt ans, être de telle équipe ou de tel clan, avoir envie d'un bonbon et ne pas pouvoir s'en acheter un chez Vigilante, tout cela se retrouvait présent à son esprit lorsque le pion éteignait les lumières et commençait sa ronde exaspérante entre les lits.

Une ronde avant de dormir... ce n'était pas l'habitude de « la Vieille », un pion plus âgé que les autres, un peu coincé dans son maintien qui ne quittait jamais son cartable même pour surveiller dans la cour, ce qui faisait dire à certains « qu'il avait fait l'exode avec en quarante et ne s'en était pas encore remis ». À peine les lumières du dortoir éteintes on l'entendait ronfler régulièrement derrière son rideau.

Piffard avançait que pour faire s'étouffer un ronfleur il fallait provoquer un raclement en rythme avec le rythme respiratoire de l'intéressé puis accélérer. Normalement le ronfleur devait suivre la cadence et en arriver à ne plus pouvoir respirer. Sitôt dit sitôt fait. Un soir à l'aide de deux chaussures à semelles cloutées il s'était approché des rideaux et, raclant les semelles l'une contre l'autre il avait essayé de faire s'emballer le ronflement. En vain. Vexé il avait alors déclaré que c'était la faute des chaussures, qu'il aurait fallu une râpe... Ce fut la rigolade !

Quand on connut le profond sommeil de ce pion, souvent vers onze heures du soir alors que beaucoup dormaient déjà, s'élevait dans le noir une gueulante. La Vieille allumait la veilleuse, surgissait de son box et demandait ce qui se passait.

« Je sais pas monsieur. Il y en a un qui a dû faire un cauchemar ! » et l'autre innocent de passer de lit en lit avec sa lampe torche pour vérifier si tous allaient bien.

Pour l'heure, cinq étaient assis dans la cour au pied du mur du fond et préparaient une sortie nocturne. De l'autre côté de la rue, dans le jardin du voisin — dit « Peigne-Cul » car il ne voulait jamais rendre les ballons qui tombaient sur ses plates-bandes —, il y avait deux cerisiers noirs pleins de beaux fruits mûrs et bien tentants pour qui oserait.

« Qu'est-ce qu'on risque ? Le bac est dans huit jours. Même si on se fait piquer on ne passera pas en "conseil de dis" (discipline). Et pourquoi on se ferait piquer ? C'est la Vieille qui fait le dortoir cette nuit et on ne l'a jamais vu sortir de son box pour faire le tour des lits...

— Et si le Patron fait une ronde ?

— On mettra un polochon dans le lit comme s'il y avait quelqu'un. »

La discussion allait bon train ; il y avait ceux qui voulaient y aller, ceux qui auraient bien voulu et ceux qui n'oseraient pas.

Enfin, ce fut décidé. Quatre allaient tenter l'aventure.

En arrivant au dortoir sur la gauche, dans une boîte vitrée fixée au mur se trouvait la clef de la porte d'entrée, clef de secours en cas d'incendie. Astucieusement subtilisée un samedi de grande sortie, elle était revenue le lundi avec une sœur jumelle qui traînait désormais dans une poche ou au fond d'un casier pour le cas où... et qui allait servir ce soir pour la première fois.

Vers onze heures, Michel et trois autres, après s'être rhabillés silencieusement, avoir bourré leur lit de couvertures roulées, se glissèrent hors du dortoir appliqués à ne pas faire craquer les planches du couloir, regardant longuement sur l'aile ouest si les lumières étaient éteintes aux fenêtres de l'appartement du Patron. Et puis ce furent la cour, le mur du fond et les marches secrètes creusées dans le mortier de chaux entre les gros moellons.

Tout était calme et silencieux. Deux réverbères éclairaient la rue là-bas au bout vers le théâtre municipal et la lune faisait le reste. Le jardin de Peigne-Cul était entouré d'un muret surmonté d'un grillage qu'ils franchirent sans peine. Les deux cerisiers étaient là, à leur portée. Destrem commença à tirer sur une branche, tâtant entre les feuilles pour trouver les bouquets de fruits. Les autres l’imitèrent non sans jeter de fréquents regards inquiets vers la façade de la maison qui semblait endormie. Ils prirent confiance, les regards s'espacèrent, les cerises à cueillir depuis le sol se firent rares, alors Piffard monta le premier dans les branches, s’installa confortablement, sa silhouette noire perdue dans le feuillage. Destrem voulut monter à son tour, rata son coup et un « merde » spontané et sonore ponctua sa maladresse.

C’est alors qu’un aboiement se fit entendre, semblant venir d’une sorte de cabane dans un coin du jardin.

« Fermez-la ! on va attendre que le cabot nous oublie » et Michel, Destrem et Esparol s’accroupirent en silence contre un rang de vigne tout proche.

La porte de la maison s’ouvrit brusquement, une lumière s’alluma sur la façade déclenchant aussitôt la fuite désordonnée de nos trois compères qui ne se firent pas prier pour sauter à nouveau le grillage.

« Tas de merdeux ! je vais vous apprendre, moi ! » et Peigne-Cul — qu’ils crurent apercevoir vêtu d’une grande chemise de nuit — s’engagea dans l’allée pour les poursuivre.

Mais quand on a dix-huit ans, que l’on a fait le mur de son collège, on a des ailes pour courir, on n’est pas très loin du record du monde du cent mètres... Aussi, sans espoir de les rattraper, l’homme s’arrêta au portail pour voir disparaître, au coin de la rue, trois silhouettes.

« Et Piffard ? »

Piffard, coincé sur sa branche, caché par les feuilles, ne pipant mot, la trouille au ventre — « je serrais les fesses » dira-t-il plus tard —, écoutait marmonner le propriétaire des cerises qui, un moment, alla et vint pour essayer dans le noir de constater les dégâts sur ses plates-bandes, puis il repartit au portail, en vérifia la fermeture et rentra chez lui où les lumières ne tardèrent pas à s'éteindre.

Michel et ses deux copains pendant ce temps étaient revenus au coin de la rue et là, cachés sous une porte cochère, guettaient le retour de Piffard. Ce dernier ne tarda pas à passer le grillage ; un coup de sifflet entre les doigts pour le prévenir qu'ils l'attendaient et tous quatre, heureux de leur escapade et de s'en être sortis sans mal, repassèrent le mur de la cour.

Ce furent encore quelques instants de peur, les chaussures à la main pour être plus silencieux, puis la chaleur moite du dortoir, le ronflement attendu — et espéré — de la Vieille et, quand tous furent couchés, une gueulante qui réveilla tout le dortoir comme un cri de triomphe.

« J'ai fait un cauchemar, monsieur ! »

Le lendemain, on apprendrait que les grands — sans savoir qui précisément — avaient fait le mur pour aller aux cerises. Les yeux des petits regarderaient avec encore plus d'admiration ces grands qui osaient quitter le collège en pleine nuit.

# VIII

## Comment passer le temps en étude

Le temps qui était vraiment celui de l'enfermement, celui qui réglait le plus la vie des internes, c'était celui des études.

Contrairement aux externes ou aux demi-pensionnaires qui, le soir, retrouvaient leur maison, leur chambre et pouvaient étudier selon des horaires qui leur convenaient, les pensionnaires, lorsque la cloche de la cour d'honneur sonnait, venaient s'asseoir à la place assignée — les plus indisciplinés devant, juste à côté du bureau du pion — après un passage à leur casier mural duquel ils avaient pris les affaires de classe nécessaires au travail à effectuer pendant les deux heures à venir.

Pour les élèves de la campagne, c'était aussi le moment le plus pénible de la journée quelle que soit la saison. Si ceux qui étaient à l'internat depuis plusieurs années s'étaient habitués ayant bridé leur désir de liberté, les petits sixièmes, eux, avaient encore les sorties de classe présentes à l'esprit à quatre heures et demie et les occupations pas toujours sages de l'heure qui suivait. C'était une bagarre avec les gars du hameau voisin, une partie de billes commencée pendant la récréation et qui se prolongeait sur le chemin de retour, ou bien une clope partagée derrière une haie... C'était encore, une fois au village, déranger les chats qui dormaient au soleil sur les appuis de fenêtres ou agacer les chiens qui aboyaient, impuissants, derrière la grille de la cour dans laquelle ils étaient enfermés.

Les fins de classe l'après-midi, c'était chaque jour la délivrance après s'être affranchi d'une dernière obligation : quitter la classe en silence le béret à la main puis traverser la cour en silence également, en rangs jusqu'à la rue. Sitôt le portail franchi c'étaient les cris et une course folle libératoire, exutoire à cinq ou six heures de calme imposé, de discipline, de mots canalisés...

Une heure sans instit ou parents sur le dos ! Les parties de boules de neige l'hiver ou, l'automne, les retours le long de l'allée de platanes en traînant bien les pieds pour soulever des monceaux de feuilles qui jonchaient le sol. Ou encore la rivière et le concours de ricochets sur l'eau calme du bief du moulin et tout ce que l'occasion inopinée permettait d'inventer, provoquant déchirures de culottes, éraflures aux genoux... et même œil au beurre noir si on s'était colleté un peu rudement.

Michel avait fait ainsi et depuis toujours avait eu la chaussure droite plus usée que la gauche car tout était bon à pousser du pied : une boîte de conserve vide, un chiffon tenant roulé à l'aide d'une ficelle, des marrons... n'importe quoi qui roule, qui n'est pas trop lourd et qui d'un coup va faire dix quinze mètres avant de s'arrêter sur le bord de la chaussée ou que l'on récupère dans l'herbe du bas-côté.

Puis il fallait bien rentrer à la maison. Selon le cas les gars partaient garder les vaches, aider au jardin et les filles s'attelaient à des tâches domestiques préparatoires à leur futur statut de femme au foyer.

Les deux études, celle des petits et celle des grands, étaient contiguës, les fenêtres donnant sur la rue. Parfois, lorsque des externes passaient à proximité une beuglante destinée au pion ou au répétiteur parvenait dans les salles : « CRASSPECCC... tu pues » ou « GUSTIIINNN... au cabanon », reprenant là les inscriptions au goudron figurant sur un des murs de la cour, puis une cavalcade de pas de course s'éloignait, ponctuée de rires et d'exclamations. Pour le plus grand bonheur des passants et le malheur des surveillants, ces fenêtres d'études s'ouvraient à plus de deux mètres de haut empêchant d'apercevoir et d'identifier les crieurs. Ceux-ci le savaient et en profitaient.

Dans l'étude tous baissaient alors le nez, ne voulant pas, par quelque regard malicieux ou un air niais, attirer l'attention du destinataire de l'insulte toujours prêt à se venger sur l'innocent qui aurait fait mine de le narguer. Pendant quelques minutes, on pouvait entendre les mouches voler tant les élèves étaient assidus à leur travail, savourant en silence la gêne du répétiteur qui ne pouvait réagir.

Bien que les deux études soient voisines, la discipline y était différente, toute subordonnée au bon vouloir des pions.

Se déplacer après le début de l'étude était difficile. Michel en savait quelque chose. Lorsqu'il était dans l'étude des petits, il avait ses affaires dans un casier contre le mur alors que la place qui lui avait été octroyée — suite à quelques bêtises puis systématiquement les années suivantes d'après sa réputation de chahuteur —, se trouvait dans la rangée du milieu de la salle. Pour récupérer un dictionnaire, un livre oublié ou de quoi continuer son travail scolaire, il fallait obtenir l'autorisation de se déplacer. Si celle-ci était refusée, c'étaient de longues minutes à ne rien faire, bloqué par l'absence de crayon, de gomme ou du document resté dans le casier. Alors on se tortillait, on faisait des signes afin de se faire passer la fourniture par un voisin ou bien, discrètement on faisait circuler un petit papier jusqu'à un destinataire chargé de faire parvenir le matériel réclamé et tant attendu. On pouvait parfois craindre que certains, par prudence, refusent de faire suivre ou bien que le pion intervienne par un « Portez-moi ce papier Vigouroux ». Une remarque ne tardait pas, une mauvaise note de conduite suivait... deux dans la semaine et c'était la retenue.

Les comptes se réglaient à la récré suivante, surtout si le pion avait aussi puni le destinataire du message qu'il savait parfaitement innocent.

Donc, mieux valait être bien avec le surveillant et devenir « lèche-cul » disaient certains, « chouchous », préférés qui avaient droit à toutes les autorisations.

De ses quatre ans passés dans l'étude des petits, de cinq heures à sept heures puis une heure après le dîner, Michel gardera des souvenirs mitigés.

Parfois bons car il s'y était bien amusé.

Il pensera toujours à la fois où il avait lâché des chauves-souris dans cette salle d'étude — comme il l'avait déjà fait pendant un cours d'anglais avec Ristou — mais cette fois-là, malgré les fenêtres ouvertes, les animaux ne purent pas sortir de la pièce à cause des grillages placés devant les ouvertures et destinés à protéger les vitres des ballons durant les récréations. Il s'était ensuivi une fausse panique parmi les élèves. Damiel se cachait les cheveux « de peur d'être mordu » disait-il, d'autres avec de grands gestes faisaient semblant de chasser les intruses en direction de la porte grande ouverte — en réalité ils s'agitaient pour ainsi accentuer le désordre.

Étude mémorable également que celle où les élèves s'étaient servis de criquets en métal, petits objets composés de deux lames de fer qui — si on appuyait dessus — cliquetaient en imitant le bruit émis par l'insecte du même nom. Tous les élèves avaient dû, lorsque le concert commença, lever les mains pour prouver qu'ils n'étaient pas responsables du bruit. Les appareils étaient cachés dans les chaussures de certains, sous le gros orteil qui, d'une pression, servait de déclencheur. Pendant que Gustin fouillait un élève près de la fenêtre, un criquet se faisait entendre à l'autre bout de la salle et le son changeait de place... Michel avait voulu faire le malin en disant : « Et si c'était un vrai, monsieur qui se déplace ! » Gustin avait explosé : « C'est ça, un criquet en plein mois de février. Vous vous foutez de moi ! » et, tendant le bras en direction de Michel il lui avait montré sa main, quatre doigts écartés ce qui signifiait quatre heures de colle. Certaines fois il valait mieux se taire.

Et à cet autre soir où Barthélemy pissa sous sa table... le pion ayant refusé de le laisser sortir.

Au plafond pendaient souvent quelques pantins de papier portant le nom d'un prof, d'un répétiteur... parfois celui du Patron, à la suite d'une punition injuste.

Tout d'abord, il fallait dessiner et découper une silhouette de papier de quinze vingt centimètres de haut. Rapidement grimée de couleurs (nez rouge pour Alric le prof d'espagnol qui, disait-on, aimait tant la vinasse), maculé de taches (pour le Craspec) ou bien découpé en athlète (pour le Cric, par dérision à cause de son aspect fluet), un nom était inscrit sur la poitrine afin que nul n'ignore le destinataire. Enfin on collait un fil sur le pantin et, après avoir longuement mâché une grosse boulette de papier dans laquelle on faisait tenir l'autre bout du fil, on envoyait l'ensemble au plafond où il adhérait, pendant et tournant au moindre courant d'air. Évidemment, l'élève qui se trouvait au-dessous de la boulette était le premier soupçonné mais sa défense était toute trouvée : « M'sieur, m'sieur, c'est pas moi. C'était là quand je suis arrivé ! »

Alors, montant sur une chaise, à l'aide d'un balai pour atteindre le plafond, le pion faisait tomber le pantin, vérifiait si la boulette était bien sèche, donc le lancer ancien, sinon c'était la colle...

Certaines périodes voyaient revenir les frondes à élastiques avec projectiles de papier. Une feuille finement serrée, repliée en forme de V, souvent d'un bout de l'étude à l'autre, arrivait en cinglant sur une joue. Le lanceur s'était servi de son pouce et de son index comme manche, l'élastique noué dessus et, sitôt son tir effectué avait repris instantanément une position de travail afin de ne pas être soupçonné. Alors, cet ahuri de Craspec, le coude posé sur son bureau, appuyait sa tête sur le creux de sa main, les doigts légèrement écartés devant ses yeux pour pister à travers. Personne n'était dupe de la ruse. Parfois tous prenaient ostensiblement la même attitude faisant entrer Craspec dans de furieuses colères.

Ah ! ces soirs où les longues heures passaient lentement, où de petits mots circulaient en catimini d'une table à l'autre, porteurs de messages comiques, de dessins obscènes, ou bien lorsqu'un avion de papier passait soudainement au-dessus des têtes, celui vers lequel il atterrissait se défendant de l'avoir lancé lui-même. Études évidemment suivies dès la sonnerie par les habituels règlements de comptes rapides et quelquefois violents lorsqu'un élève avait été puni à la place du véritable expéditeur.

Études par contre silencieuses après qu'un élève a reçu une rouste d'un pion et que, assis à sa table, les bras comme protection, il a esquivé au mieux les coups de poing, les gifles partant à la volée et les tirages de cheveux.

Sa rage passée, le pion s'éloignait alors que dans son dos, relevant un peu la tête et goguenard, l'élève lui tirait la langue.

« Et maintenant, s'il y a d'autres amateurs, qu'ils se signalent ! » annonçait fièrement celui qui pensait que quelques coups de poing lui redonneraient l'autorité que sa médiocrité ou son comportement l'empêchaient d'avoir.

Dans l'heure qui suivait, tous s'employaient à éviter d'être la prochaine cible alors que dans son coin la victime ruminait, cherchant comment il allait pouvoir se venger de ce « salaud ».

Damiel était un peu, comme ils disaient tous, « lèche-cul ». Il allait au bureau du Craspec pour se faire expliquer une phrase latine... Placé à côté du pion, debout sur l'estrade, penché en avant, tout en paraissant écouter attentivement les explications que ce dernier lui donnait, de sa main gauche il lui faisait les cornes derrière la tête.

Il l'avait fait ! Pari tenu, pari gagné. Le soir Pons lui donnerait sa part de dessert.

Et de nombreux autres bons souvenirs encore...

Mais l'étude, c'étaient aussi les longues, très longues heures des dimanches de retenue, toute la matinée sans sortir, la rage d'être enfermé lorsque des gens passaient dans la rue, lorsqu'on entendait leurs rires joyeux et toute l'animation de la petite ville pour qui, ce matin-là après la messe, c'était traditionnellement l'arrêt à la pâtisserie pour acheter le gâteau dominical. Les internes, eux — les quelques-uns restés en colle — réunis sur deux ou trois tables du réfectoire, verraient le menu, « si menu » disait Birebent, se limiter à une purée de pois, un morceau de saucisse et peut-être une des pommes du jardin. Aussi, lorsqu'on demandait qui voulait se rendre à la messe de onze heures, Michel, comme beaucoup d'autres, levait le doigt. Cette petite sortie en rangs par deux jusqu'à l'église voisine des Carmes, c'était autant de gagné sur l'ennui et cela leur changeait les idées.

Au village aussi c'était la messe du dimanche. Les femmes étaient en noir, leur châle sur la tête — sauf madame Bonnafieux, la bourgeoise, qui était toujours chapeautée, voilette à mouches sur le visage. Les hommes, eux, restaient au café le temps de l'office pour commenter les événements de la semaine et aussi pour l'apéritif tout en jouant à la belote ou, à la belle saison, à une partie de boules sur le mail.

Que de regrets en pensant à tout cela, de se voir ainsi retenu tout le dimanche et perdre toute une journée de détente avec les copains de la communale.

Les heures s'écoulaient alors très lentement, surtout lorsqu'on n'avait pas trop de travail scolaire ; alors on se tortillait sur sa chaise, on essayait de trouver un compère pas trop éloigné pour une partie de bataille navale ; on écrivait aussi à la famille pour expliquer à sa façon le motif de la colle, demander quelques sous et le renouvellement des goûters !

Pour un interne, les études du soir étaient les plus pénibles. La nuit, le froid de l'hiver augmentaient la tristesse ; dehors, les quelques loupiottes maigrelettes qui pendaient au bout de leur fil rendaient les lieux presque sinistres ; et au printemps avec les jours qui allongent, alors que les externes sont dans les rues à discuter, faire de la bécane, jouer au ballon... c'étaient des heures de détente et de tranquillité pour les uns mais un pensum disciplinaire pour les autres... !

D'où des regrets, de la colère rentrée lorsqu'on vient de se faire punir pour le dimanche suivant et que l'on a le cafard. Michel en connut de ces soirs où rien ne va, où on a envie de pleurer, de faire le mur ne serait-ce qu'un instant pour aller en ville voir du monde, pour sortir d'un mauvais rêve !

L'hiver, le poêle nourri de façon économe entretenait à peine une maigre chaleur et l'année où il fallut attendre plus d'une semaine le changement d'un carreau brisé, on vit pour la première fois des élèves faire leurs devoirs avec des gants.

Le feu était entretenu par le mari de Vigilante qui passait régulièrement en étude ou en classe avec son seau de charbon, essuyant parfois un refus de la part d'un prof lorsqu'il arrivait en pleine dictée ou composition.

En étude, existait pour les élèves la corvée de charbon, avec des « spécialistes » du remplissage, du dégrillage des cendres et s'il ne faisait pas trop froid, du bouchage du tuyau de poêle — un béret rempli de papier était en l'occurrence le moyen le plus simple d'arriver à enfumer la salle (demandez à Lafay, il passait pour spécialiste en la matière). Il fallait alors éteindre le feu puis vider le contenu du poêle. À l'aide d'une paire de tenailles, le concierge appelé à la rescousse essayait de dénicher le bouchon qui, placé à froid, avait évidemment été enfoncé au plus profond, près du coude et même au-delà si possible. Une heure d'étude était ainsi perdue car consacrée à ce travail. Portes et fenêtres devaient être ouvertes... mais le jour avait été choisi de façon adéquate : dehors, le temps était clément !

Étude froide d'aspect et de fait, sale... le seul qui ne s'y ennuya pas fut Birebent. Chaque année à la rentrée il choisissait une table dont le plateau n'était pas trop abîmé afin d'y entreprendre la sculpture d'un navire. Tous les jours, à l'aide de son Opinel, il s'attelait un instant à la tâche, masquant ensuite l'entaille fraîchement pratiquée avec de l'encre ou de la poussière qu'il mouillait en crachant dessus. D'un mois à l'autre, trimestre après trimestre, silencieux et toujours appliqué à façonner cette œuvre, il essayait de copier l'image d'un transatlantique figurant sur un album. Parfois, il emmenait un petit voir une table et expliquait : « Celui-là, tu vois, c'est mon travail de cinquième. C'est le Quine Marri (car l'accent d'Oc ne se perd pas facilement, même en anglais !), un bateau *rosbif.* »

Une fois, il fit une enquête pour savoir quel était l'externe qui le mardi matin de chaque semaine alors que la salle servait de permanence s'installait à sa table et maculait d'encre son travail de gravure du transatlantique en construction.

Il fallait également savoir lire un illustré avec prudence et ne pas rester trop longtemps penché sur sa table. Les *Mickey*, *Tarzan* ou *Bibi Fricotin*, interdits, étaient dissimulés entre les pages d'un cahier que l'on refermait en cas de venue inopinée du pion mais c'était parfois un ordre qui tombait sur le lecteur absorbé :

« Roux, portez-moi ce que vous avez sur la table ! »

Il fallait apporter le cahier jusqu'au bureau et le pion découvrait évidemment l'illustré fatal !

« Puisque vous n'avez rien à faire, copiez-moi cent fois "je ne travaille pas consciencieusement" et n'oubliez pas "consciencieusement". »

Ainsi on passait une heure à écrire, copier, bêtement.

Vagols, fournisseur en illustrés, possédait une collection complète de titres divers rangés dans un casier toujours fermé à clef. Il les louait à ceux qui n'avaient pas d'argent pour en acheter des neufs ; 5 centimes par-ci, 5 par-là... Il faisait son petit bénéfice, complétait sa collection et menait son commerce fructueux.

Le plus rare était l'exemplaire de *Vu*, une revue pour adultes — comme c'était écrit sur la couverture — mais sa lecture ne se faisait que rarement en étude : trop dangereux !

« Si vous vous faites piquer, dites que le bouquin est à vous. Moi je ne vous connais pas », prévenait le loueur, pas fou.

La location réalisée, les deux ou trois bénéficiaires du numéro si recherché (le prix étant plus élevé que pour un *Bibi Fricotin* ou un *Tarzan*, il était nécessaire de se grouper pour partager les frais) allaient se réfugier dans un coin de couloir, derrière la salle de dessin, au fond de la cour sur un banc... à un endroit d'où on pouvait voir venir. Ils sortaient alors la revue cachée sous le pull-over de l'un d'eux et en silence, parfois un peu gênés devant les autres, ils feuilletaient le « bouquin de culs » comme ils disaient, regardant les poses lascives, les seins énormes et les nus artistiques. Parfois encore, bien cachés dans un cabinet, certains lisaient les textes disposés entre les photos, complétant ainsi leur éducation sexuelle théorique. Des fanfarons jouaient aux blasés devant les autres, à une époque où sur les écrans de cinéma ou sur les magazines habituels, les femmes avaient toujours une mise respectable et habillée. Jamais de nu ou de gestes osés, à part quelques baisers sur la bouche dans des films. Dans ces cas-là, dans le noir de la salle, lorsqu'ils étaient venus en nombre au cinéma, une voix s'élevait du poulailler pour chronométrer en comptant les secondes : « un... deux... trois... quatre... », faisant réagir les « gens bien », ceux du parterre ou du balcon. Le patron du cinéma montait alors jusqu'au poulailler, furieux, menaçait de faire évacuer tout le monde bien qu'un silence religieux ait accueilli sa venue — non sans gloussements ici et là.

Les interdits sur le sexe étaient absolus, les jeunes totalement écartés du sujet, aussi celui qui se faisait prendre en possession d'un tel illustré était sûr, à la maison, de recevoir une belle tannée du père tandis que la mère se lamenterait, demandant au ciel ce qu'elle avait bien pu faire de mal pour avoir un enfant « anormal ».

Quelques-uns étaient excités par la lecture de ces « bouquins de culs » et ils n'hésitaient pas à les consulter en étude. On les voyait alors se contorsionner en serrant les cuisses, mettre la main dans leur poche de pantalon pour se caresser en silence ou, brusquement, demander à sortir afin d'aller aux W-C pour se calmer un peu, ensuite revenir, reprendre leur place et continuer leur lecture.

La bataille navale, d'une table à l'autre, se faisait par signes avec les doigts : trois et six c'était C6 ; le pouce signifiait sous-marin, le majeur signifiait croiseur, etc., bien plus amusant que la partie de morpion ou de pendu, à la même table, interminables parties durant lesquelles on noircissait des pages entières, sans souci lorsque le pion laissait faire.

En étude, il y avait bien entendu les travailleurs, ceux qui du début à la fin restaient le nez dans leurs manuels, Bergaud par exemple, toujours premier en tout, avare pour prêter ses brouillons ou bien Rouzaud le « jeune » (par opposition à son frère aîné) qui dévorait livres sur livres à longueur d'année tout en tortillant entre ses doigts, interminablement, dans un tic nerveux, un bout de ficelle.

Clavier, dit « Patate » (à cause de son nez épaté), faisait partie de ces bosseurs assidus qui dès leur arrivée en étude à cinq heures, s'attelaient à leur tâche et n'en sortaient plus qu'à la sonnerie. Jamais on ne vit plus travailleur, toujours penché sur ses bouquins, copiant interminablement, écrivant des devoirs de plusieurs pages alors que d'autres avaient terminé au bout de deux... un bourreau de travail pour lequel personne ne comprit comment, après tant d'efforts, il ne put jamais décrocher son bac !

Parfois le pion se déplaçait ; alors, comme un guetteur dans l'ancien temps, il y avait toujours un élève pour prévenir les autres, soit en soufflant « pet, pet... », soit en toussant ou bien en se raclant la gorge ; et, tout à coup, dans le silence, l'étude bruissait de rangements suspects, de mouvements pour cacher une feuille, les cases du morpion ou de la bataille navale...

« Monsieur Destrem, si vous avez mal à la gorge, vous ne pourrez pas sortir dimanche ! Portez-moi donc votre cahier de textes pour que je voie où vous en êtes de votre travail... » et le guetteur de porter son travail au pion qui y trouvait toujours à redire.

Par contre l'étude des grands était un peu plus libérale. Michel, lorsqu'il y accéda en entrant en seconde, avait son casier à fournitures juste au-dessus de son épaule gauche. En effet, il avait pu choisir une table longeant le mur et, sur les conseils de Piquemal, s'était installé à un endroit stratégique : il n'aurait pas le soleil sur lui le soir, il était loin du bureau du pion et surtout à l'écart du regard de celui qui pouvait entrer sans prévenir par la porte du fond — comme le pratiquait souvent le principal — et qui aurait pu remarquer tout de suite l'élève faisant le geste de cacher quelque chose d'interdit.

Avoir son casier là, sur sa gauche, au niveau de sa tête, y enfermer ses affaires... c'était comme avoir un petit chez-soi personnel, une partie de sa personnalité même, le sentiment de s'approprier, dans une vie où l'emploi du temps était continuellement réglé par les ordres, les sonneries, les interdits... des instants d'intimité.

Les casiers étaient des endroits secrets et sur leurs étagères s'alignaient ces boîtes de bois personnelles que chaque élève aménageait puis protégeait des curieux par un cadenas, le grand chic étant alors d'en suspendre la clef au cou à l'aide d'une ficelle. Casier, petit coin réservé, le seul que de mémoire de potache on n'ait jamais vu violer par l'autorité et dans lequel on plaçait, en plus des livres et cahiers, les lettres des filles, parfois les revues de nus, les couteaux à cran d'arrêt (interdits mais dont le port était prisé). Parfois y étaient entreposées de belles lunettes de soleil que l'on portait lors des sorties en ville pour faire celui qui est à la mode.

La contre-porte du casier était plus révélatrice des intérêts de son utilisateur. Michel y collait son emploi du temps, Piffard le calendrier des matches du TFC, Vigouroux les dates des vacances et Doumenjou y écrivait sur le bois les dates des rencontres, qu'il disait nombreuses, avec des filles : Martine du 23-2 au 11-4 ; Yolande du 17-4 au 12-5... mais personne ne l'avait jamais vu avec la moindre « gonzesse » !

Le pensionnaire devait toujours avoir d'avance fournitures et matériel de classe. Le casier révélait, par l'ordre qui y régnait — autant que le rangement des vêtements au dortoir — le caractère de son propriétaire, foutoir ou classement rigoureux, réceptacle de petites choses souvent indispensables à la vie quotidienne. Pons, lui, y avait même un petit miroir. Aussi, pendant l'étude, caché du pion par le dos de celui qui était assis devant lui, il passait souvent de longues minutes à évacuer les points noirs de son visage ou soigner ses boutons d'acné — le désespoir de sa vie semblait-il, estimant qu'ils étaient la cause de ses déboires avec les filles —, terminant l'étude le visage rouge et boursouflé.

Bzek, un Polonais, était arrivé une année en novembre. À cette période encore troublée par les terribles faits de la guerre, les déplacements de population, sa venue avait procuré à tous un sentiment bizarre. Ils voyaient dans leur nouveau camarade quelqu'un de différent, déraciné, étranger débarquant un jour à Saviers — mais cela aurait pu être ailleurs — alors qu'eux, fils de paysans pour la plupart, avaient été largement protégés dans leur province loin des bouleversements de ces dernières années.

Bzek raconta plus tard qu'il était de nulle part.

On lui prêta un casier, des livres, du papier, de quoi écrire, et même des draps pour remplacer un « sac à viande » grisâtre qui constituait presque tout son trousseau.

Ils le surprirent à s'attarder longuement sur des photos qu'il cachait ensuite tout au fond du casier, comme pour les protéger. Damiel, passant une fois sans bruit dans la travée, jeta un coup d'œil vers ce que regardait le garçon ; il y vit des maisons de bois. Un autre crut deviner de loin des groupes d'hommes avec des chevaux et des charrettes aux ridelles élevées et recourbées.

Le casier était pour Bzek, sembla-t-il, un morceau de son passé, de sa jeunesse et plus que pour les autres un lieu d'intimité et de mémoire.

Cette étude des grands était plus silencieuse que l'autre. Contrairement aux heures de classe durant lesquelles le prof faisait son cours, où les élèves étaient sollicités et participaient, les études étaient des moments où chacun dans son coin menait son travail et passait son temps à sa façon.

Les répétiteurs étaient plus sévères que les pions étudiants dits « pauvres et méritants » qui gagnaient là leur pécule afin de poursuivre leurs études.

Gustin lisait interminablement le journal, puis faisait les mots croisés et, si rien de grave ne venait le perturber, laissait passer l'heure dans le calme. Par contre, si des bavardages, un lancer d'avion, des déplacements trop bruyants... le dérangeaient, alors il pouvait brusquement devenir violent, hurler des injures, mettre un élève à la porte...

Aller à la porte, c'était la hantise de tous car si le Patron passait par là c'était assurément la colle pour le dimanche suivant. Aussi, certains allaient terminer l'heure assis sur une cuvette des cabinets du fond de la cour, gardant la porte seulement à demi fermée pour voir si celle de l'étude, là-bas, ne s'ouvrirait pas pour le rappeler et lever la punition.

La majorité des élèves travaillait et ce n'est qu'en quelques occasions que tous s'amusaient, moments de détente indispensables où le Cric, le répétiteur des grands, n'oubliait jamais de se mettre en valeur.

Avait-il surpris un garçon avec un illustré qu'il lui donnait une retenue et annonçait le motif qui allait la justifier, comme « Birebent : laisse évader son esprit chez les Papous avec un auteur qui n'est pas au programme ».

Une fois Sartin avait laissé échapper un pet. Il aurait sans doute voulu être plus discret mais, trop tard, c'était fait. Alors les élèves se retournèrent tous pour savoir qui en était l'auteur. Sartin se retourna aussi mais... il n'y avait personne derrière lui puisqu'il était au dernier rang. Un grand éclat de rire souleva l'étude. Même le Cric, pourtant figé dans son quant-à-soi, ne put s'empêcher de s'esclaffer. La retenue tomba, motif : « émet un bruit malodorant ».

Parfois, en fin de trimestre, les compositions finies, les vacances approchant, certains faisaient des essais.

Piquemal, assis au fond de l'étude, avait fait le pari d'y fumer.

Il avait longuement préparé son coup. Pour masquer le grattage de l'allumette, il raclerait sa gorge ; puis, penché sous la table comme pour récupérer un objet tombé, il allumerait sa clope ; pour éviter que la fumée ne se voie en montant tout droit et afin qu'elle soit diffuse, il avait prévu de la chasser en faisant aller et venir sa main. Pour l'odeur, il ne risquait rien : le Cric était suffisamment intoxiqué au tabac pour ne rien remarquer.

Ce n'était pas l'envie d'une cigarette qui le tenaillait, mais la performance, l'audace de braver le règlement, le besoin de provocation, tout simplement.

Sagnac, lui, était spécialiste des supercheries ; une fois Michel reçut, en douce, un petit papier sur lequel était écrit : « Regarde ce que je fais quand je bande »... et Sagnac levait les mains pour bien montrer qu'il ne s'en servait pas. Grimaçant, faisant mine de forcer, il soulevait alors sa table de quelques centimètres. Évidemment il manœuvrait avec son genou mais tous ceux qui étaient au courant riaient de l'air estomaqué des nouveaux avertis par le message. Sagnac répétait chaque fois son « exploit » ; il y gagna le surnom de « malabar ».

Une année, un soir de juin, Piquemal sortit pour se rendre aux toilettes ; un moment après ce fut Sagnac, puis Estèbe... La période était aux libertés, on ne faisait plus « étude » le soir mais une sorte de garderie où même les jeux de société étaient permis. Les grandes vacances approchaient et, jusqu'au 12 juillet, date du grand départ (la TGF : Très Grande Fuite, celle du samedi étant seulement la Fuite), c'était en roue libre que se déroulaient ces études. Les jours allongeant, la chaleur venant et surtout les compositions terminées, le cœur n'était plus du tout au travail. Trois élèves étaient donc sortis et non revenus... Michel, intrigué, demanda à son tour à s'absenter de l'étude, sans trop y croire car en général pas plus d'un élève à la fois n'y était autorisé. À sa grande surprise le pion le laissa partir. Il alla jusqu'aux W.-C. mais... personne... où les autres pouvaient-ils être ?

C'est en faisant le tour de la cour que Michel eut la réponse.

Les trois compères étaient là, juchés sur l'échelle servant habituellement au jardinier et, perchés sur le même barreau, regardaient à travers l'imposte d'une porte percée dans le mur du fond qui donnait sur l'arrière du théâtre municipal.

Michel s'approcha et demanda ce qui se passait. Les autres lui firent signe de se taire et Sagnac, descendant du perchoir où les trois acolytes se serraient, lui proposa de monter voir.

À travers les vitres douteuses on voyait les coulisses du théâtre, le couloir des loges. Et ce soir-là, les tournées Tichadou faisaient étape à Saviers. Sagnac n'avait pas fait de cadeau en laissant sa place : quand Michel arriva les danseuses avaient fini de se déshabiller et entraient juste en scène.

« Tas de salauds ! Vous auriez pu le dire !

— Tu le sauras pour l'an prochain puisqu'elles reviennent tous les ans. Nous, on aura foutu le camp. »

Le dimanche soir, revenant de grande sortie, les internes arrivaient les uns après les autres en étude, rendaient leur bulletin de sortie émargé au pion puis essayaient de se remettre l'esprit au travail après une journée loin du bahut.

Les rentrants qui avaient joué dans leur club sportif commentaient les résultats à voix basse, d'autres recopiaient en catastrophe le travail d'un copain, un devoir à rendre le lendemain. Tous apportaient à ceux qui étaient restés en colle un peu de nouveauté, le récit de leurs activités dehors, un peu d'air frais... et parfois, s'ils étaient du même village, du linge ou des provisions pour le caisson. Mais, toujours aussi pour ceux qui étaient restés enfermés, ils étaient porteurs du regret d'avoir perdu un dimanche à s'ennuyer dans des bâtiments froids et sévères.

Une année, il y eut un scandale et une enquête menée par le Patron à la recherche de coupables, ceux qui avaient semé le trouble dans la ville vers les neuf heures du soir. En effet, profitant de la pénombre, certains avaient fait rouler une dizaine de poubelles métalliques dans la rue du collège, déclenchant un bruit du diable dans ce quartier tranquille et répandant leurs contenus sur toute la chaussée.

On sut plus tard que plusieurs dimanches soir de suite des riverains avaient guetté tout en restant cachés, prêts à sauter sur les « voyous » qui rentraient de permission... en vain d'ailleurs car ceux-ci, pas bêtes et prudents, ne recommencèrent pas l'expérience.

Parfois, le Patron arrivait inopinément en étude.

Les élèves devaient se lever puis attendre debout à leur place, sans toucher à leurs affaires posées sur la table afin de ne pas cacher, éventuellement, une occupation interdite et pour que soit bien contrôlé le travail en cours. Ils restaient ainsi de longues minutes. Le Patron passait de table en table, s'arrêtant devant l'une ou l'autre pour y prendre un cahier et lire, dans un silence lourd. Chacun craignait d'être repéré car bien souvent la visite se soldait par une ou deux retenues.

Avant de quitter la salle, il ordonnait de ramasser aussitôt tous les papiers qui pouvaient joncher le sol. C'était autant de gagné par le principal, « marchand de soupe », sur le temps de travail de ses femmes de ménage !

C'était sur les tables des études que dessins et gravures étaient les plus nombreux.

Servant toute la journée de permanence, ces salles voyaient défiler bon nombre d'élèves qui, durant les heures d'attente entre deux cours, avaient de l'imagination pour des calligraphies diverses.

Toutes les personnalités s'y retrouvaient selon leurs espoirs, leurs caractères et leurs manifestations d'humeur.

Initiales, cœurs croisés, de silhouettes, graffitis à l'aide d'une pointe de compas, etc.

On y trouvait également le décompte des jours qui restaient à courir avant les grandes vacances, des prénoms de filles, des citations, des restes de calculs... La table servait également de brouillon, de support pour des griffonnages qui laissaient le temps passer ou la réflexion à venir.

Les trois répétiteurs étaient les plus visés mais on y dénonçait aussi les défauts, réels ou supposés, des profs. Alric était représenté par un petit personnage tenant une grosse bouteille de vin, le Cric en athlète musculeux, et Ristou avec un drapeau anglais enfoncé dans le cul. Avant chaque rentrée, les plateaux étaient lessivés, presque tout neufs, prêts — tout comme les tableaux le matin — à resservir une année encore pour les graffitis et sculptures divers.

Un soir, Sartin était sorti en douce. Profitant de la demi-heure de récréation après le dîner, il avait quitté le collège en escaladant le mur de presque quatre mètres de haut à l'aide de ses marches « secrètes » creusées dans la maçonnerie. Ces marches n'avaient jamais été remarquées par le Patron et les autres adultes ; elles permettaient des sorties interdites comme partir en ville faire une course rapide mais surtout aller récupérer un ballon dans la rue après un shoot maladroit.

Sartin se fit prendre et passa en conseil de « dis ».

Ces conseils étaient rares, pas plus de deux ou trois par an, presque toujours à la suite de bagarres, d'insolence vis-à-vis d'un prof ou d'un travail insuffisant.

Bien que ce cérémonial fut craint et entouré d'une réputation de gravité, les sanctions données n'y étaient qu'exceptionnellement sévères et il y avait parfois autour de ceux qui étaient convoqués pour le « falot » comme une aura d'admiration. Ce fut le cas de Sagnac qui avait fait le pari de raccourcir d'un coup de ciseaux un côté de la moustache d'un pion, une nuit pendant son sommeil.

Passer en conseil de dis pour des motifs de discipline, c'était avoir osé aller plus loin que les autres, dépasser les actes habituels, défier l'autorité et ses interdits.

Bien plus que les heures de cours, l'étude était en fait la contrainte suprême, l'obligation de suivre des horaires définis, de rester assis même si on avait terminé son travail, d'y entrer puis d'en ressortir au moment où Vigilante manœuvrait la cloche de la cour, cette maudite cloche qui sonnait toujours trop tôt lorsque la récréation permettait une de ces parties de foot qui faisait arriver en nage à sa table de travail ou bien les doigts gourds et rouges après une bataille de boules de neige. Dans ce dernier cas, une minute pour se chauffer les doigts contre le poêle, la préparation de ses cahiers les habits saupoudrés de neige fondue qui s'égouttait sur les feuilles provoquant des pâtés sur l'encre, le quart d'heure que l'on passait avec l'onglée, ... le temps passé ainsi avant de se mettre au boulot était parfois long mais le moment conservait le bonheur d'une récré bien remplie. Autant de gagné sur l'ennui des deux heures qui allaient suivre.

# IX

## Entre les murs fermés de la prison

POUR UN PENSIONNAIRE, le lieu le plus important pour l'emploi du temps de sa vie collective était la cour de récréation.

Si l'étude, surtout celle du soir, était synonyme de confinement, si les heures de classe s'échelonnaient avec animation et variété selon les profs et les disciplines, les récréations, attendues avec crainte parfois, partagées avec les externes et les « demi-pencu » (demi-pensionnaires) cassaient un peu l'homogénéité du groupe d'internes à cause de la mixité due à ces apports de l'extérieur.

Par contre, les cours de récréation étaient des lieux de convivialité, surtout grâce aux jeux et parties qui s'y déroulaient, ne perdant ce caractère heureux que lorsque les circonstances faisaient d'elles aussi des lieux clos.

Seul vrai champ de liberté, défouloir physique et mental, l'étude terminée, tous mais encore plus les petits, s'y précipitaient en courant et hurlant parfois, libérant ainsi toute l'énergie accumulée pendant deux heures de position assise durant lesquelles tout mouvement suspect était prétexte à punition.

Pour Michel, finie la courette de l'école primaire, les quatre marronniers, l'horizon ouvert d'un côté sur la campagne, de l'autre bouché par la façade républicaine du bâtiment construit dans les années 1890, portant au fronton « Liberté Égalité Fraternité » alors que sur chaque aile les mots « Filles » et « Garçons » entouraient l'annonce centrale indiquant que la mairie occupait également les lieux. Les jeux y avaient été modestes : billes, osselets pour les garçons, marelle, balle au mur, saut à la corde pour les filles.

Au collège, pendant les interclasses, entre les cours du matin et de l'après-midi, la présence des externes et des demi-pencu faisaient oublier à Michel sa qualité de pensionnaire. Les récréations de la journée permettaient des révisions au dernier moment, le recopiage d'une prépa, assis sur une cuvette des W.-C. Les cours revenaient aux internes, le soir, à partir de la fin des classes ainsi que les jeudis et, évidemment, les dimanches de colle, lorsque tristes et vides de vie elles refermaient entre leurs murs la peine des punis, leurs regrets aussi.

Il y avait quatre cours au collège, réparties au gré de l'usage que l'on pouvait faire de l'ancien couvent des Cordeliers transformé en établissement scolaire.

Au centre, la cour d'honneur, celle que Michel traversait, les jambes flageolantes lorsqu'il allait jusqu'au bureau du Patron, là-bas, au fond à droite, peu fier de cette balade tant redoutée. C'était là également que les samedis il allait chercher au bureau du Cric, le papier impatiemment attendu qui permettait la sortie, la « fuite », comme si cette fin de semaine était une délivrance définitive de la condition d'interne. Mais seul le moment comptait. Il verrait plus tard pour gérer le retour !

Si on l'appelait la cour d'honneur, c'est que là se situait la plaque commémorative portant la liste des anciens élèves morts à la guerre, et où, le 11 novembre, avait lieu un dépôt de gerbe.

Séparée de la cour où se tenaient les élèves, pendant les interclasses, les professeurs y faisaient les cent pas, par groupes.

Mais comme disaient les observateurs : « On ne mélange pas les torchons avec les serviettes » et selon l'appartenance politique connue ou supposée, les disciplines, les nobles — maths, français — ou les autres... enfin les exclues — gym, dessin et musique —, ces messieurs discutaient avec de grands gestes.

Lorsque la cloche sonnait, la chaîne vigoureusement tirée par Vigilante ou le Cric, tout ce beau monde se dispersait, non sans que les grincheux habituels, le Teuton en particulier, n'ait tiré sa tocante de son gousset ou n'ait formulé quelque remarque que l'on savait sûrement désobligeante, même si on était loin et qu'on ne l'entende pas.

Devant les études, se trouvait une deuxième cour, plus petite, qui ne valait que par le grand mur aveugle qui la fermait. En effet, lorsque par hasard un élève possédait une balle de tennis mise à la réforme ou récupérée derrière les courts du stade au bord de la rivière dans les broussailles propices à des instants de flirt, ce mur se transformait en fronton de pelote.

S'engageaient alors d'interminables parties à quatre, réservées aux grands il va de soi.

Le bas du mur était recouvert, sur environ deux mètres de haut, d'un enduit de ciment qui avait été posé après qu'une nuit, des « individus vandales » — comme avait dit le Patron — étaient venus inscrire en énormes lettres de goudron sur trente mètres de longueur l'annonce vengeresse : « LE COMMUNARD GUSTIN AU CABANON ».

Le matin de ce forfait les autorités municipales convoquées par le Patron, le commissaire de police et « King-Con » (orthographe volontairement respectée), le garde-ville, étaient venus constater cette horreur. Une plainte avait été déposée et des travaux prévus. Mais ceux-ci ayant tardé, la chaux du mur avait absorbé le goudron et le grattage des lettres avait eu pour résultat non de les gommer mais de les graver.

Un enduit fut donc posé, mais les jours de pluie ou les jours humides d'hiver, la porosité différente au niveau du goudron resté en dessous faisait ressortir l'inscription. C'était le grand désespoir de Gustin qui, en surveillant la cour, passait sans cesse devant lors de ses allers-retours. N'empêche que cette inscription était très pratique, car en suivant le bas des lettres on pouvait tracer avec une craie, dans la perspective d'une partie de pelote, la ligne au-dessous de laquelle la balle était jugée mauvaise.

Toute une terminologie particulière accompagnait ces parties acharnées, équipe de classe contre équipe de classe : la carotte était le tir vicieux pas rattrapable et qui donnait le point, le lob, le coup passant si haut qu'il atteignait le mur d'en face, le tout servi par des joueurs spécialistes du droit, du revers, ou des gauchers qui cherchaient le point par des feintes et des ficelles.

L'engagement était si intense que dans toute la cour s'arrêtaient les autres jeux, parfois même les pions regardaient au lieu de surveiller. Lorsque la cloche sonnait la fin de la récréation, les joueurs en nage allaient rapidement boire un coup au robinet des W.-C., récupéraient leur blouse grise posée sur un banc pour être plus à l'aise puis, venaient se mettre en rangs avant d'entrer en étude, la main droite gonflée et rouge, la paume congestionnée, les doigts ne se fermant plus pour encore un moment jusqu'au picotement qui indiquait que le sang recirculait normalement. C'est dire que les premières minutes d'étude n'étaient pas très actives en travail écrit, mais une partie de ce genre, ça ne se ratait pas.

Michel dut attendre d'être en première pour être admis au jeu des grands et encore seulement parce qu'un spécialiste était malade et qu'il fallait « boucher un trou ».

Heureusement pour lui, il démontra qu'il savait se servir de sa main gauche, et des gauchers il n'y en avait pas beaucoup. Sa présence au sein des équipes s'imposa et comme pour les joueurs de l'équipe de foot, le regard des petits s'emplissait d'envie. Les petits d'ailleurs étaient spectateurs, allaient chercher au loin les balles perdues qu'ils rapportaient ensuite, se battant presque pour avoir cet honneur.

Et puis, parfois, un coup malheureux, un raté, un tir trop ambitieux et la balle, si rare, s'envolait par-dessus le mur, sur le toit voisin. Un silence se faisait alors, on attendait son retour, et si quelques secondes plus tard elle ne réapparaissait pas, c'est qu'elle était « logée ».

Perdue si le pion de service était la Vieille, ou ce salaud de Gustin, mais si c'était le Craspec qui faisait la cour à ce moment, en choisissant bien le demandeur parmi ses chouchous, on pouvait espérer qu'il donne l'autorisation d'aller la récupérer dans la rue avant qu'un passant ne se l'approprie.

Alors « fendant l'air », passant devant la loge de Vigilante « comme un avion », muni de l'autorisation qu'il savait exceptionnelle, le récupérateur ne tardait pas à revenir, porteur de la précieuse balle et la partie continuait. On avait eu chaud. Les premières menaient contre les terminales 11 à 8... crime de lèse-majesté !

Ensuite, venait une petite cour qui suivait les façades où se tenaient les salles de classe. Elle était encombrée en son centre par de vastes et définitifs échafaudages de grosses poutres scellées au sol par une semelle de béton et tenant la façade dont le ventre rebondi laissait présager — pour les plus optimistes — qu'elle n'allait pas tarder à se casser la gueule.

Mais le montage était là depuis des dizaines d'années et les pessimistes disaient, eux, qu'elle les enterrerait.

« Oui, en vous tombant dessus ! » répliquait alors Bergaud qui n'en perdait pas une pour se mettre en avant.

Ce devait être quand même dangereux car il était interdit d'y stationner, ce qui n'empêchait pas ceux qui voulaient faire une belote de s'y installer, assis au sol entre les gros madriers qui servaient de table de jeu. L'endroit était pratique pour poser les cartes, assez caché car les cartes c'était interdit, jamais personne d'ailleurs ne sut pourquoi ni n'osa le demander.

Cette courette tout en longueur servait aussi à l'Œuf pour les compositions de gymnastique. Il y chronométrait des quatre-vingts mètres, enfin presque, puisque pour les cinq derniers mètres il fallait enfiler à toute vitesse la porte du fond que deux élèves surveillaient afin que personne ne gêne, puisque le coureur s'y enfonçait à l'aveugle.

Située à l'ombre, les jours de neige, la fonte s'y faisait plus lentement qu'ailleurs, le gel de la nuit transformait la couche neigeuse en glace et de longues glissades y étaient préparées, soigneusement réservées aux possesseurs de chaussures non cloutées, interdites aux porteurs de galoches.

À la suite, les chanceux s'élançaient, jambes légèrement fléchies, un pied en avant, les bras à demi écartés pour garder l'équilibre, c'était sur dix parfois douze mètres, le bonheur, l'instant merveilleux.

Selon l'élan, la témérité des uns et l'appréhension des autres, la longueur de la glissade variait et la couche glacée s'arrachant avec les passages répétés, les petits apportaient des poignées de neige pour regarnir la piste.

Beaucoup excellaient à cet exercice. Il était courant, à la campagne, que sur les places de villages en dehors des passages habituels des voitures ou des piétons, soit aménagée une de ces fameuses glissades d'autant plus intéressante que personne ne venait l'interdire.

Non loin de la maison de Michel, entre les bornes qui fermaient le foirail et la place de l'église, sur un dénivelé gazonné, bien au nord, les gosses du village tassaient la neige apportée à la main et parfois même avec la pelle prêtée par un voisin. Quand il faisait très froid, pour la durcir davantage ils l'arrosaient avec de l'eau tirée d'un puits voisin. Et alors, dès le lendemain, quelle joie ! L'un après l'autre, souvent à la queue leu leu, les joues bleuies de froid, les mains écorchées en cas de chute, ils s'élançaient pour trois secondes de bonheur. De temps à autre un adulte s'approchait. Apostrophé, il n'était pas rare de voir l'homme retrouvant un instant ses élans de jeunesse, poser sa veste et souvent maladroitement, se risquer sur la glace sous les hourras des gosses :

« Vas-y Petoulet ! »

Et en chœur tous reprenaient :

« Petoulet... Petoulet... Petoulet... ! »

Par contre, c'était moins gai au collège car là dans la cour tout cri intempestif provoquait immédiatement l'intervention des adultes. Ça ne ratait jamais et bien vite le pet ayant été porté par le pion, on voyait arriver le mari de Vigilante, un seau de cendres à la main, et de deux ou trois volées de sa pelle à poussière, il rendait la glissade impraticable.

« C'est dangereux, c'est pour cela que c'est interdit ! » répétait-on à chaque fois.

Jamais pourtant on n'y vit d'accident, sauf l'inévitable Sartin qui tomba un jour sur les fesses.

Pour une fois qu'il se « cassait le cul » tout seul... lui qui à longueur d'année avait l'habitude de casser celui des autres !

En bas, derrière le cinéma-théâtre, la grande cour, celle où se déroulaient les parties de foot —enfin, quand on avait un ballon et que ce dernier ne s'était pas envolé par-dessus le mur dans les plates-bandes du voisin de l'autre côté de la rue, chez Peigne-Cul.

C'était alors la désolation, le désœuvrement, il fallait se contenter d'occuper le terrain par des parties de billes.

On jouait au « rugby billes », « aux villes », à « soufflette », pour gagner des poches entières de billes en terre que l'on reperdait souvent en deux lancers maladroits. C'était alors la faute à un « os de fourmi » qui avait fait dévier le lancer et, pour certains, des os de fourmis, il y en avait souvent...

Les plus assidus avaient un petit sac, habituellement celui apporté du dortoir après que le nécessaire à chaussures en eut été enlevé ; ils y emmagasinaient leurs réserves. Et les parties se suivaient, faites de gains ou de pertes, donnant lieu à des marchandages, des « avances sur recettes à venir » et si les pertes continuaient, les billes dues se payaient en lignes faites d'avance en prévision d'une punition. On voyait alors le perdant, en étude, prendre parfois à son compte les cent lignes reçues par un voisin.

Des échanges s'opéraient aussi entre les calots en pierre, les belles agates, selon des barèmes précis donnant des équivalences. Économie parallèle souterraine qui incluait aussi quelques cibiches, des illustrés, des bonbons et tous les secrets intimes, petites choses dérisoires mais si précieuses qui s'entassaient au fond des casiers d'étude.

Les abords, marches, perrons, trottoirs de cette cour voyaient s'asseoir les joueurs d'osselets. Michel était spécialiste, possédait non un jeu en aluminium acheté au bazar de la ville, mais un vrai jeu en os de mouton, ramené du village et qu'il gardait précieusement dans sa poche ou au fond de son cartable. Avec, il gagnait des billes, parfois une pomme ou un caramel lorsque son pécule ne lui permettait pas de se fournir à la petite épicerie de Vigilante, ce fameux placard aux trésors de la loge où voisinaient sucreries avec crayons, cahiers et autre petite papeterie qui permettait de se dépanner.

Vigilante tenait un cahier de comptes, faisait crédit et le lundi, au retour de la maison beaucoup venaient payer leurs dettes de la semaine ou de la quinzaine précédente.

Celles-ci une fois réglées, bien vite, la gourmandise aidant, on revenait chercher à crédit et Vigilante, qui ne perdait pas le nord, arrondissait ses fins de mois.

Et puis aux beaux jours, lorsque les récréations du soir ne se faisaient plus dans l'obscurité, que le temps était doux, les grands, désœuvrés, venaient s'asseoir au fond de la cour, à même le sol, contre le mur. Loin des pions qui ne venaient que rarement jusque-là, les petits plus loin ayant leurs jeux, ils discutaient entre eux comme jamais ils ne l'avaient fait, témoignant ainsi d'un changement d'attitude, d'un besoin de s'exprimer. La politique, les événements, le foot, les filles... chacun trouvant une tribune et se situant par rapport aux autres. Damiel de droite, Bergaud jeune communiste, d'autres encore empreints des opinions paternelles, mais tous attentifs à ce que disait son voisin non sans que parfois la discussion s'envenime.

Mais les mots des râleurs, même grossiers, étaient ceux de l'amitié, de la profonde complicité qui les unissait, ceux qui ne font pas mal tant ils sont enfouis sous des tonnes de souvenirs, de moments de joie communs, d'instants vécus dans la tristesse d'une journée d'enfermement ou dans le bonheur d'un coup fumant.

C'est là, dans ce coin de cour, tirant sur leur clope cachée dans le creux de la main et dont ils soufflaient fortement la fumée vers le ciel pour la masquer, qu'ils apprirent plus sur eux-mêmes et sur la vie que pendant les cours ennuyeux où rares étaient les adultes avec lesquels ils pouvaient dialoguer.

C'est là que la prise de conscience de leur jeune maturité prenait forme, qu'ils s'enhardissaient à se distinguer, à marquer leurs différences.

Ils y refirent le monde, exprimant leurs espoirs, parfois leurs ambitions. Et puis la cloche sonnait. Ils se levaient tout en finissant leurs discussions et retombaient dans le système qui les enfermait depuis toujours, en rangs, en silence, où ils attendaient que l'on frappe dans les mains pour s'asseoir, entrer, sortir, commencer à se déshabiller, levant le doigt pour demander à se lever, etc., supportant de plus en plus mal ces contraintes empreintes de caporalisme et dont ils ne comprirent que bien plus tard qu'elles n'étaient pas destinées à les éduquer mais à protéger de leurs possibles rébellions les adultes qui les encadraient.

Cour de tristesse aussi les soirs de colle lorsque les punis, parfois deux ou trois seulement, restaient dans le noir après le repas du soir, traînant sans avoir envie de jouer, pleurant pour peu qu'il y ait une fête au village, qu'on tue le cochon — et pour ces gars de la campagne c'était fréquent — ou tout simplement qu'on ait eu le cafard dans la semaine.

Dehors, c'étaient les lumières de la ville et au fond de la cour là-bas, l'arrière du cinéma-théâtre où la musique annonçant la séance du soir accentuait encore le sentiment d'abandon.

Une maigre ampoule électrique sur la façade était censée éclairer toute la cour. En fait le noir des recoins, le petit néon blafard des cabinets, le silence qui régnait en lieu et place de l'animation des autres soirs, renforçaient encore plus la tristesse.

Qu'il y ait des jeux, le bizutage de début d'année, les folles parties de cache-cache ou de barre, les murs de pierre de la clôture, la vétusté et la noirceur des façades du bahut, la boue lorsqu'il pleuvait et la poussière aux beaux jours, les cours faisaient partie de l'enceinte où leur vie était confinée.

Michel, petit, y pleura souvent ; plus grand il y rumina son indiscipline. Il y vécut les chahuts, si joyeux lorsqu'ils étaient impunis, si douloureux lorsque le pion, le bras en avant, quatre doigts de la main tendus, signifiait une colle de quatre heures.

Mais la camaraderie y était constante. Peu ne s'intégraient pas, restaient isolés, ne partageaient pas les mêmes espoirs et les mêmes contraintes. Une complicité s'y forgeait, une complicité qui durerait toute la vie, même pour ceux qui, partis au loin, ne reviendraient que rarement au pays. Au moment de retrouvailles, ce serait comme s'ils s'étaient quittés non vingt puis trente ans plus tôt, mais la veille.

Pour Michel, à la fin, le collège était devenu comme une seconde maison. C'était son bahut, sa cour, le milieu où il évoluait avec ses habitudes et les mœurs de tous, et ça malgré les punitions, la connerie des vieux, les contraintes disciplinaires... Il en conserverait toute sa vie les odeurs, les bruits, les cris, les sensations.

## Entre les murs fermés de la prison

Dans la cour, tous étaient égaux. Pas d'adulte. Le pion qui faisait les cent pas en s'ennuyant n'intervenait pas, contrairement aux profs en classe. Il n'y avait pas les bons élèves qui savaient tout et ceux dont on se moquait parce qu'ils ramassaient de mauvaises notes. Même les nuls au foot ou aux billes avaient leur place. On y courait, on y sautait, on s'y frottait les oreilles, on y râlait ou on y gueulait, mais surtout on oubliait tout le reste.

## X

# La faune professorale

PRATIQUEMENT TOUS LES ÉLÈVES entrés en sixième, sauf abandon volontaire, suivaient jusqu'en terminale.

Michel avait bien laissé quelques copains au passage, en redoublement, mais en majorité l'équipe se suivait durant les sept ans de scolarité.

Seuls arrivaient, entrant directement en seconde, méprisés et rarement acceptés, tous « modernes » car sans latin ni seconde langue vivante, les meilleurs élèves du cours complémentaire voisin.

Et cette continuité liée au fait que le collège n'était pas très important permettait la constitution de groupes homogènes, complices lorsqu'il le fallait, solidaires souvent car confrontés aux mêmes difficultés.

Le collège, l'école en général, étaient le moyen de promotion sociale ; ils le sentaient plus qu'ils n'en étaient conscients mais respectaient profondément l'institution, ce qu'elle représentait, et avaient vis-à-vis de leurs maîtres tout le respect voulu.

Certaines fois même, l'un des professeurs devenait le modèle d'un élève. Le dernier calquait alors son attitude en imitation de celui qu'il admirait, copiant ses habitudes, ne jurant que par lui, voulant par exemple devenir prof lui aussi ; il en conserverait la marque toute sa vie.

Au village, monsieur Labat l'instituteur était aussi secrétaire de mairie. Personnage important, on allait le voir chez lui pour qu'il aide à remplir un formulaire administratif ou pour qu'il écrive une lettre dont le contenu paraissait compliqué. Il avait même servi plusieurs fois de médiateur dans des histoires de famille comme la fois où la fille Roumengoux s'était retrouvée enceinte. Plus au fait des choses que le maire, il n'hésitait pas à téléphoner à la préfecture pour une affaire grave.

C'est dire si Michel et ses copains avaient à la fois de l'estime et de la crainte pour cet homme bon et généreux qui cachait son amour des élèves et de son métier sous une façade ronchonne et se voulait sévère.

Au collège, Michel avait encore à l'esprit les leçons de son instituteur car monsieur Labat, en poste au village depuis plus de vingt ans, était aussi un homme aimé, même si le curé lui reprochait ses tendances radicales-socialistes. Toujours en costume marron, le seul du village d'ailleurs à porter cravate, même aux beaux jours, faisant la discipline sans crier, il respectait un cérémonial immuable lorsqu'il entrait en classe. Les élèves sitôt assis, il posait sa veste, enfilait une blouse grise puis les élèves récitaient en chœur à voix haute, en martelant bien les mots, la maxime écrite à la craie sur le haut du tableau.

« Bien mal acquis ne profite jamais » ou « Toute peine mérite salaire ».

Il en avait ainsi une bonne cinquantaine en réserve, les changeait tous les matins et celle du jour trônait jusqu'au soir au-dessus des problèmes de robinets, des règles de grammaire ou de la carte de France de Vidal-Lablache.

Aussi, Michel fut-il décontenancé par l'attitude de certains de ses nouveaux maîtres, moins sérieux lui semblait-il, moins écoutés et surtout même chahutés, ce qui eût été impensable avec monsieur Labat.

Et le chahut ici était salutaire car les élèves étaient tenus dans un cadre disciplinaire étroit, dans une infantilisation profonde et, jusqu'en seconde au moins, incapables de mettre en avant leur personnalité. Leurs initiatives étaient rares, tout était mâché, la famille suivait les décisions du collège, amplifiant même la dureté des punitions, par principe, pour bien montrer que l'autorité que le père déléguait au maître n'entamait pas la sienne propre. Pour les uns c'était la rouste, parfois au ceinturon, les privations, certains parents s'arrangeant même avec le Patron pour que l'élève reste confiné à la pension les jeudis et les dimanches.

Un élève qui chahutait, même en dehors des cours, qui n'avait pas une tenue correcte, ne pouvait pas être un bon élève ; il n'était pas dans le moule ; il dépassait, dérangeait.

Michel se souvenait d'un pion, venu une année et qui ne laissa pas un souvenir impérissable, sauf qu'il se référait soi-disant à Saint-Exupéry et proclamait à tout instant qu'il « fallait être chic ». C'était bien cela, faire honneur, ne pas avoir de blouse sale, se raser pour les plus grands, mais aussi bannir les gros mots, les hurlements dans la cour, même après un match de sauce gagné ou un but marqué. Pour un peu il aurait demandé de marcher les bras croisés comme pour aller communier.

La vie était cadenassée et s'en évader devenait un instinct salutaire de survie et d'épanouissement.

Aussi étaient-ils des potaches, des élèves qui manifestaient leur caractère à travers des actes de moqueries, de chahut, des farces plus ou moins méchantes, mais qui permettaient de bien rire et de faire oublier la rigueur de la discipline.

Pas plus que les moments d'internat, les cours n'échappaient à ces débordements qui se produisaient toujours vis-à-vis de ceux, parmi les enseignants qui le cherchaient par leur attitude arrogante, parfois violente, souvent insultante. Les insultes d'ailleurs n'épargnaient personne, ni au moment des résultats ni lorsqu'un élève passait au tableau et séchait lamentablement.

Que de fois, « triple buse », « imbécile heureux », « roussin d'Arcadie », « âne bâté »... étaient sortis de bouches méprisantes ou ironiques ; que d'oreilles rougies de tirages successifs jusqu'à ce que la bonne réponse vienne, de coups de règle et de coups de pied au cul parfois.

C'étaient aussi les devoirs supplémentaires, les retenues du dimanche, les exclusions de cours où on attendait debout, dans l'encoignure de la porte de la salle, avec la crainte de voir passer le Cric ou le Patron car c'était l'assurance, là encore, du doublement de la punition.

Alors, quand le moment était favorable, quand l'opportunité se présentait, toute la rancœur emmagasinée lors de ces instants pénibles devant tous les copains ou en souvenir de la baffe reçue, la vengeance arrivait.

Destrem n'aimait pas les maths. Il n'était pas le seul, mais lui seul subissait les moqueries de « $3x^2$ ». « Trois $x$ au carré » de son vrai nom Richard, enseignait dans les grandes classes et pour lui, uniquement les élèves du premier rang où s'étaient installés Bergaud, Millet et quelques autres ténors de la classe, semblaient dignes d'intérêt. Ceux de l'arrière, apparemment, n'existaient pas.

Aussi, la semaine suivant le jour où Destrem avait été insulté et traité de tout ce que le vocabulaire habituel permettait, lors de la composition de maths, une boule puante commença à répandre son odeur d'œuf pourri dans la classe.

Trois *x* au carré, alors, refusant que l'on ouvre la fenêtre, sortit dans le couloir, monta sur une chaise et, depuis là, surveilla la composition à travers la cloison vitrée.

De temps à autre, il tapait au carreau et faisait signe s'il pensait qu'un élève copiait.

Michel se souvint longtemps de cette composition dans cette odeur pestilentielle, du visage de l'autre côté de la vitre, de Trois *x* au carré qui ne se douta pas un seul instant que par murmures, inaudibles depuis l'extérieur, tous se passèrent les résultats. Ce furent d'ailleurs les meilleures notes que Michel eut jamais en maths !

Chaque enseignant avait ses marottes et l'astuce était de le brancher sur le sujet afin que le cours se transforme en évocation de souvenirs personnels ou en discussions totalement étrangères à la discipline.

Un prof d'histoire n'hésitait pas à raconter ses voyages en Espagne, son amour de la tauromachie, expliquant avec force gestes et mimiques les passes des toreros. Ces jours-là, quand le coup était réussi, toute la classe était dans un vrai état jubilatoire, surtout lorsque quelques questions faussement naïves venaient relancer, sur l'estrade, une démonstration de muleta qui semblait sur le point de se terminer.

La fois où vint un inspecteur, ce prof qui passait alors pour un minable fut, devant toute sa classe, l'auteur d'un acte inimaginable.

La venue de l'inspecteur était un événement empreint d'une mise en scène théâtrale. On voyait, et c'était la surprise pour tous, y compris pour le prof car il n'avait pas été prévenu, au début du cours, arriver le mari de Vigilante portant un fauteuil recouvert de velours rouge qu'il installait sur le bord de l'estrade. Puis, le principal entrait, suivi de l'inspecteur. Après les salutations, le cours continuait, l'homme prenant de temps à autre des notes sur un papier ou murmurant quelques mots à l'oreille du Patron. À cette occasion, la salle était dans un silence religieux, tous écoutant sans mot dire, sauf Bergaud qui faisait des efforts pour participer car il était admis tacitement qu'il était le seul susceptible de ne pas dire trop d'âneries.

À un moment donné, ce jour-là, l'inspecteur interrompit le prof qui expliquait livre à la main :

« Mais si je vois bien, monsieur, vous n'avez pas de notes, vous lisez le manuel ! »

Le prof le regarda, s'arrêta, prit un air étonné, ferma le livre et avec un calme inhabituel chez cet homme si démonstratif, lut en suivant du doigt sur la couverture :

« Mallet, agrégé de l'Université... Isaac, agrégé de l'Université. Comment voulez-vous que je fasse mieux que ces deux-là ! »

C'est stupéfaits que les élèves et les deux autorités entendirent cette justification.

Imperturbable, le prof rouvrit le livre et continua son cours. Il gagna là son surnom « Gonflé » et la considération des élèves.

En anglais, un prof passait pour un original auprès de ses collègues. On murmurait que les autres l'appelaient « l'idiot visuel » car il faisait (avec vingt ans d'avance mais n'a-t-on pas toujours tort d'avoir raison trop tôt ?) de l'audiovisuel.

Il enseignait avec des images fixées au tableau, projetait des diapositives, avait abonné les élèves à des revues anglaises, avait installé un poste TSF dans sa classe pour leur faire écouter la BBC. Et c'est pourquoi, un jour de juin 1953, Michel fit sa composition de chimie avec dans les oreilles, venant de la salle voisine, les échos du sacre de la reine d'Angleterre.

Le Colco, le prof de physique chimie, eut beau râler, rien n'y fit. La musique, les hymnes, les commentaires... tout fut retransmis durant toute une heure, y compris le *God Save the Queen* que toute la classe avait repris en chœur.

On dut refaire la composition de chimie !

Le Colco... voilà un prof qui était aimé ! lui aussi avait une marotte : il montrait à qui le voulait ses collections de timbres.

C'était un prof attachant, humain, heureux d'enseigner et qui faisait tous les efforts possibles pour intéresser ses élèves. Il avait construit toute une série d'appareils de son invention afin de bien matérialiser les expériences : poupées qui tournaient pour donner le sens du courant électrique, montages astucieux pour compléter ses explications et lorsque le découragement se faisait sentir en classe, il trouvait toujours une façon de détendre l'atmosphère et de faire rire comme lorsqu'il rappelait le principe d'Archimède : « Quel est le phénomène qui se produit lorsqu'on a son corps plongé dans sa baignoire ? C'est... c'est... ? » et toute la classe reprenait en chœur : « … la sonnerie du téléphone qui retentit. »

Simple, direct, les élèves ne comprenaient rien à ses démonstrations au tableau tout barbouillé de formules, réunies par des flèches, des accolades... il passait de la droite à la gauche, revenait à droite, perdait le fil, se lançait dans des calculs *a priori* faux mais qui donnaient un résultat juste... faisait des retours au point de départ ponctués de grands gestes, terminant en effaçant le tout sans s'occuper — tout perdu qu'il était dans ses pensées — de savoir si les élèves avaient eu le temps de recopier.

Jamais un de ses cours ne fut perturbé par un chahut ou une farce. L'homme était trop respecté pour cela et, de son propre chef, entretenait dans ses classes un apparent désordre, en réalité bien contrôlé, qui lui permettait une pédagogie vivante et profitable.

À la fin de l'année scolaire, il préparait une surprise. Il remplissait une bonbonne avec de l'oxygène et de l'hydrogène, la bouchait avec un manche à balai puis, par la fenêtre donnant sur la cour, à l'aide d'une étincelle électrique, faisait s'envoler le manche à balai à une quarantaine de mètres. Certains — les plus courageux — restaient dans la salle pour assister à la mise à feu ; les autres — qui ne doutèrent jamais qu'un jour ça allait péter à la gueule des témoins — préféraient se rendre dans la cour « afin de mesurer si le record de distance des années précédentes était battu... »

Le dernier cours de l'année était aussi, en terminale, celui des adieux, bien que plusieurs sachent, vu leur niveau, qu'ils useraient encore au moins un an les mêmes bancs. Le Colco, dont les histoires enchantaient les élèves, s'en vit proposer une de la part d'un conteur qui, le sujet étant un peu osé, avait mis longtemps avant de se décider. Le Colco, en physique, revenait sans cesse sur le « système métrique », expliquant son importance pour résoudre les problèmes et un tableau détaillant les diverses unités (caché lors des compositions) était en permanence suspendu au mur.

L'élève se lança :

« Monsieur, ce n'est pas au moment de la Révolution que l'on a créé le système métrique ! »

Le Colco ouvrit de grands yeux et allait une fois de plus entamer de grandes explications lorsque Destrem continua :

« M'sieur, m'sieur, c'est Adam et Ève qui l'ont inventé. »

Là, le Colco sourit, boutonna sa blouse blanche sur laquelle toutes les expériences du mois avaient laissé leur marque, quelques trous sur le devant pour l'acide, du jaune, du vert, selon les produits utilisés et, appuyé sur une grande paillasse toute encombrée de cornues, tubes en verre et pinces en bois, fit un geste pour montrer qu'il était prêt à écouter l'histoire, les yeux plissés de malice et de satisfaction. Il savait que cette intervention était la conséquence de la confiance et de l'estime qu'il avait su donner aux élèves ; que c'était là le témoignage de leur complicité, de leur reconnaissance et, bien au-delà des bons résultats, le summum de la satisfaction possible pour un prof.

« Adam voulut le mètre, Ève le centimètre et le serpent voulut, l'ayant vu millimètre ! »

Même pour des terminales, il fallait être un peu inconscient pour se permettre ces propos et bon nombre de professeurs auraient sévi. La réaction ne fut pas différente de celle espérée :

« Je la retiens. Historiquement elle n'est pas très bonne mais je la retiens. Cependant, Destrem, j'aurais bien aimé que vous fassiez preuve d'autant de pertinence lors de vos dernier devoirs... »

C'était le moyen de reprendre son autorité, sans peine, sans se fâcher... comme on l'aimait.

Tous les professeurs avaient ainsi leur personnalité et donnaient, à leur façon parfois, mais toujours avec application, le meilleur d'eux-mêmes pour leur enseignement.

En français, il y avait un vieux tout rabougri, que l'on disait anarchiste car avec sa barbe et ses cheveux poivre et sel mal peignés pendant à l'arrière sur le cou, il détonnait par rapport aux costumes stricts, cravates et chapeaux de feutre de la plupart de ses collègues.

Lorsque Michel et ses copains entendirent la chanson de Brassens *La Mauvaise Réputation*, aussitôt mirent- ils sur le personnage le nom de leur prof de français. Beaucoup antimilitariste, moyennement anticlérical, un peu partisan : c'est ainsi qu'il était perçu. Comme il n'y avait pas que son apparence qui tranchait avec celle des autres adultes, Bergaud, qui émaillait toujours ses propos de citations classiques (souvent arrangées selon la circonstance), déclara que « le ramage vaut le plumage ».

Tel était l'homme qui allait leur faire préparer l'épreuve de français du bac !

Oublié monsieur Labat, l'instituteur du village et ses rédactions descriptives de promenades champêtres ou d'autres sujets ayant pour cadre l'environnement familier des élèves ! Michel découvrit des sujets de réflexion dont il discutait souvent avec Bergaud lorsque chaque semaine, serviette de toilette et savon dans leur sac de sport, ils partaient en rangs par deux vers les douches du stade. Avec son copain, il apprit comment ordonner ses idées, chercher des citations, faire preuve de personnalité. Le prof, lui, avec patience et compréhension, relevait les fautes, les expliquait, faisait polir des phrases. Il semblait que cet homme à l'apparence si cocasse les aimait. Bergaud restait souvent pour discuter avec lui après les cours et même — Michel le sut un jour — se rendait aussi à son domicile pour travailler.

Il était misogyne (son explication de *Phèdre* le prouva une fois de plus), avare (écrivant ses cours sur le dos d'enveloppes qu'il ouvrait puis retournait), cultivant sa différence en portant une espèce de redingote noire, surannée et crasseuse, au col de velours râpé... mais il n'avait pas son pareil pour déclamer ; l'entendre, debout sur son estrade, déclamer « La tirade des nez » de Cyrano, jouant sur les mots et les intonations, valait le déplacement, bien que ce soit dans *Phèdre* qu'il excellait. Il fallait alors voir dans la fameuse scène de l'aveu comme il vivait le moment : « je le vis (et il prenait une pose stupéfaite), je rougis, je pâlis à sa vue (là, l'avant-bras à moitié replié devant le visage, comme cachant manifestement son trouble, se tortillant de confusion, ajoutant des mimiques...) » et toute la scène était de cette eau-là, la voix devenant haletante, parfois presque inaudible, comme honteuse. Un vrai régal !

Phèdre était pour lui, sur le retour d'âge. Hélène devenait « l'allumeuse de l'Antiquité », Agrippine une harpie. D'ailleurs toutes les fortes personnalités féminines du répertoire classique subirent ses foudres dans des moments d'une intensité que le texte ne semblait pas porter.

Madame Bovary eut droit à un traitement de faveur, non seulement pour son comportement mais surtout pour ce qu'elle représentait comme symbole d'une bourgeoisie hypocrite, dépravée, sous des discours de religiosité et de moralité.

Cette apparente démonstration scénique cachait — mais ils ne le comprirent que plus tard — une analyse plus complexe, le moyen d'arriver à faire sentir les caractères et les conséquences des actes, montrant souvent des personnages en parallèle, sortant les jeunes esprits des élèves de leur niaiserie enfantine pour leur apprendre jugement et libre arbitre, leur ouvrant ainsi des portes qui ne s'ouvriraient peut-être jamais pour d'autres.

Parfois, il décortiquait un texte, montrant les finesses de la langue, la richesse des termes, les onomatopées, les figures de style ou... les coquineries qui se cachaient sous un vers anodin dès lors qu'il était déclamé comme il fallait pour ça : « Et le désir s'accroît quand l'effet se recule. » Polyeucte, dont l'explication pourtant ne prêtait pas à rire, donna alors lieu à une franche rigolade générale (sauf de la part de Sartin qui mit trois jours à trouver l'explication !).

Personne, malgré l'apparence comique, n'avait envie de se moquer tant on savait combien cette démonstration changeait des tirades plates et mièvres que les années précédentes on avait subi avec « Teuton », celui qui matraquait les élèves de travail, confondant quantité et qualité.

Ah ! le Teuton qui tirait son surnom de son teint pâle et de ses cheveux blonds inhabituels dans le Sud-Ouest, mais aussi — se disait-il entre amis — de ses sympathies passées durant l'Occupation. Ah ! le Teuton, quel antipédagogue !

Chez lui, le travail, c'étaient des tartines de copies, des récitations hebdomadaires, des préparations quotidiennes, revenant régulièrement tous les deux ans (pour que les redoublants ne recopient pas leur travail de l'année précédente).

Alors, en étude, deux ou trois cahiers se passaient d'élève en élève ainsi qu'un stock de devoirs anciens qu'il n'y avait plus qu'à remettre au goût du jour. Tous les deux ans, la même préparation de texte, le même résumé de la vie de Molière ou de Corneille en six pages étaient recopiés fidèlement, mot à mot, ce qui n'empêchait pas parfois que la copie ait une note très différente de celle de son modèle.

Michel fit ainsi plusieurs préparations de texte à partir du cahier prêté par un terminale. Sur une copie de devoir cet abruti de Sartin remit même la date — copie donc antidatée de quatre ans — et Teuton n'y vit que du feu !

Pour les récitations, toute la classe passait à chaque fois ; par ordre alphabétique, le premier disait quatre vers, le deuxième les quatre suivants, etc. C'était toujours le même ordre, le même cérémonial. L'élève se levait à sa place et se rasseyait sa prestation faite alors que le suivant était déjà appelé. Albiech, premier chaque fois, n'avait que quatre ou six vers à apprendre, toujours la meilleure note lors des leçons, mais la plus nulle en composition de récitation car il n'avait jamais su que le dixième des textes à savoir... Pour les autres, cela dépendait, aussi on guettait les rotations pour deviner, deux ou trois élèves à l'avance, sur quel passage on allait tomber.

Labadie, toujours assis aux tables du fond dans toutes les salles où il allait, n'avait pas, lui, ces scrupules. Avec une épingle et l'accord de l'intéressé, il fixait sur le dos de son voisin de devant le texte à savoir et debout, prenant un air concentré, il lisait tout simplement de loin.

Teuton s'en aperçut, cela barda et les récitations furent dès lors l'objet de déplacements jusqu'à l'estrade.

« Salaud Teuton » entendait-on alors tout bas, comme lorsqu'étaient données les tartines de devoirs ou de travaux pour la ou les fois suivantes.

Il faut aussi dire qu'en classe tout était parfois prétexte pour s'amuser. Avec Galli, en instruction civique, on comptait les « n'est-ce pas ? » qui abondaient dans ses phrases, alors que chez le Bost c'étaient les « hein ? » qui revenaient jusqu'à cinquante fois par heure.

Chaque année, une troupe théâtrale venait à Saviers au théâtre municipal présenter une pièce classique. Si en soirée la troupe jouait pour des adultes et que se pressaient dans la salle, plus pour se montrer que pour apprécier Racine ou Molière, tous les boutiquiers de la ville et leurs femmes avec leurs bijoux et leur manteau de lapin, l'après-midi, la séance était réservée aux scolaires : les filles au balcon, les garçons au rez-de-chaussée, les deux groupes entrant évidemment séparément. Cette fois-ci on allait assister à la représentation de *Britannicus*.

Damiel, qui de tout temps avait été incapable de dire de mémoire plus de trois vers de suite, avait apporté son classique Hachette pour suivre, non le jeu de scène, mais le texte en le lisant dans la pénombre de la salle au fur et à mesure, incrédule quant à la possibilité de dire tout ça sans rien oublier.

La tragédie, ce jour-là, se joua devant un concert de rires lorsque le comédien qui interprétait Britannicus, une sorte de grand sifflet, entra en scène avec la liquette servant de toge lui arrivant aux genoux, deux cannes maigres et poilues sortant par en dessous, les mollets enserrés dans le savant laçage de cuir de ses chaussures et une couronne de laurier tressé sur le front.

La salle éclata de rire, et malgré les « chut ! chut ! » et les regards courroucés des pions répartis ici et là parmi les élèves, à toutes les apparitions de l'acteur, elle frissonnait de gloussements.

Le Grenier de Toulouse ne revint plus à Saviers durant les trois années qui restaient à Michel pour terminer ses études au collège.

C'était dommage car la mesquine vie sociale et l'inexistante activité culturelle du chef-lieu de canton qu'était alors Saviers ne préparaient pas spécialement aux responsabilités et aux libertés de l'âge adulte.

La bibliothèque du collège ne possédant que de mièvres lectures, le prof de français conseillait en effet l'achat de cette nouveauté si pratique pour les bourses un peu plates : le livre de poche. Michel en eu bientôt trois puis cinq aux titres recommandés, *Kaputt* fut le premier, puis *L'Étranger*. En discutant avec Bergaud, il s'aperçut que l'histoire avait une autre dimension que dans le Mallet-Isaac lorsque des témoignages venaient apporter un éclairage vécu sur des événements : *Les Sentiers de la gloire*, *Le Journal d'Anne Frank*, *Pour qui sonne le glas*... et traitaient les sujets au programme moins platement que sur leurs manuels scolaires.

Ce fut une découverte que les lectures de Camus, Malaparte ou Malraux — « Tu ne vas pas lire les romans de ce communiste ! » avait dit un soir le père Roux en voyant Michel revenir à la maison et poser *La Voie royale* sur la table. D'ailleurs un jour, pendant le repas, alors que la radio annonçait les premiers combats en Algérie, le père avait balancé une gifle à Michel qui avait déclaré benoîtement, suite à une discussion avec le prof de français, que l'indépendance de ce pays était dans le droit fil de l'histoire.

Ce fut la dernière gifle qu'il reçut de son père et le premier avertissement que, dans le monde des adultes, toute vérité n'est pas bonne à dire.

Il sentait que ce qu'il avait appris au collège était autre que ce que son père savait. Bien sûr ce dernier connaissait mieux que Michel le labour, la taille de la vigne et les autres travaux des champs, mais il suivait les événements selon une logique d'idées reçues et bien ancrées.

Michel voyait déjà que son propre raisonnement était différent, que la sagesse du père avait les limites de la vie quotidienne qui ne demandait qu'à répéter les habitudes et les traditions culturales locales. Le journal était sa Bible. C'était écrit, donc c'était vrai !

Dorénavant Michel regarda son père autrement, avec plus d'amour que jamais car brusquement, au-delà de cette gifle subite — et sans doute vite regrettée par son auteur — il sentit combien le fait de lui échapper était en réalité une victoire pour celui qui, un soir six ans auparavant, avait dit oui à l'instituteur du village qui venait plaider pour qu'il entre en sixième.

Dans sa chambre, le nounours avait laissé la place à une affiche de cinéma volée un dimanche soir sur le panneau du Palace de Saviers, ramenée amoureusement à la maison comme un trophée inestimable et punaisée au mur sans autorisation ; ces quatre trous dans la tapisserie provoquèrent la colère du père qui fut à la limite de l'arracher. Michel, dans la discussion, s'entendait dire à son père, comme dans un rêve : « C'est ma chambre et c'est aussi bien que d'avoir affiché Pétain à la maison pendant la guerre. »

Le père hésita, regarda son fils un instant, encaissa le coup et sortit de la pièce.

Michel regretta, il n'avait pas voulu le fâcher mais c'était parti comme ça, instinctivement, fruit sans doute d'une prise de conscience, d'un mûrissement.

Il était en première, travaillait d'arrache-pied, ne sortait plus le dimanche — même pour voir les matches de foot de l'équipe du village —, avait montré deux ou trois fois à son père les sujets de ses devoirs de français, prenait parfois la parole à table pour commenter les nouvelles de la radio. Le temps n'était pourtant pas si lointain où pour se servir en beurre, sortir de table, prendre du pain ou un fruit, il fallait demander et attendre l'autorisation.

Une fine barbe venait assombrir ses joues et le rasage devenait maintenant hebdomadaire et pénible avec la peau boutonneuse qui s'irritait au passage de la lame. Et dire que quelques années avant il avait, pour faire le grand, commencé à passer le Gillette d'un copain sur ses joues encore imberbes !

Il n'était plus qu'à quelques mois du bac. Il y pensait constamment, sachant que s'il l'avait tout était possible, un travail de suite ou continuer des études ; une place qui serait enviée et ferait la fierté de ses parents.

Sur son bureau il avait posé, découpée dans une revue, la photographie d'une voiture, celle qu'il convoitait tant et depuis si longtemps, celle de ses projets solitaires dans le fond de son lit de pensionnaire : la fameuse 4 CV rouge comme celle du fils de l'épicier... et puis avoir des vacances, voir enfin la mer et en un mot tout ce qui serait la récompense d'avoir attendu plus longtemps son autonomie et su réussir.

Michel rêvait un peu, regardait le cadre simple et désuet de sa chambre, le papier fleuri qui datait d'avant-guerre, puis reprenait ses cours et révisait non sans avoir jeté, comme toujours, un regard sur la campagne tout autour, cadre de son enfance et de ses jeux. Il serait le premier de la famille qui ne reprendrait pas le travail de ses parents et grands-parents derrière l'attelage de vaches. Lors de rencontres, il regardait déjà comme différents ses anciens copains de la communale avec leurs sabots et leur pantalon de coutil rapiécé, voyant dans leurs yeux, non l'envie ou le regret de ne pas avoir eu la chance d'aller jusqu'au bac, mais comme une indifférence, le prix à payer peut-être pour avoir trahi un devenir commun.

Ils seraient paysans, ouvriers, maçons ou menuisiers, « marieraient » une fille du village. Leur sort était écrit, le travail, le jardinet et, le soir le jeu de boules sur le mail, le dimanche le foot, les deuils et les naissances, les collines voisines comme cadre de vie et parfois une sortie en ville pour une foire ou un achat d'importance.

# XI

## Enfin « grand »

L'ANNÉE DE PREMIÈRE était déjà bien entamée. C'était l'année cruciale, celle du premier bac, le gros obstacle à franchir car le second, celui de terminale était réputé plus facile : presque automatiquement on y était reçu.

Michel, ce coup-ci, se trouvait dans le dernier carré des grands, de ceux qui, par leurs habitudes, leurs façons d'agir, donnaient le ton, montraient aux autres comment faire, surtout à l'internat, lieu propice aux « exploits » ou aux modes vestimentaires.

Au premier étage, à une fenêtre de la salle pompeusement dite de rhétorique, était posée une ardoise où s'égrenait le nombre de jours restant avant le bac et marquait 172 en ce retour des vacances de Noël. Chaque jour, un élève allait, avec une craie, tenir le décompte et le mettre à jour. Chaque fois qu'il entrait en étude, Michel levait les yeux et constatait le rapprochement inexorable de l'échéance tant redoutée.

« La peau de chagrin » avait dit Bergaud qui avait des lettres et cette date fatidique préoccupait plus ou moins selon que l'on savait que l'on était loin du niveau ou bon pour passer.

Sagnac, qui rentrait le dimanche soir à l'internat, déclarait régulièrement à son arrivée en étude :

« Je branle encore cette semaine, après, je me mets à bosser... »

Du coup, il fit trois premières, passa donc six fois le bac (juin et septembre) sans jamais aller à l'oral et partit instituteur en Algérie grâce à son brevet, marié car il avait mis enceinte une fille de la ville. Comme il était nul, beaucoup se demandèrent ce qu'il pourrait bien apprendre aux autres.

Un soir, Bergaud réunit quelques copains après le repas :

« Les mecs, les externes peuvent bosser chez eux tous les jours jusqu'à minuit s'ils le veulent, nous, on est obligés de suivre les heures d'étude, et ce n'est pas beaucoup pour réviser une fois le travail de la semaine fait. Voilà ce que je vous propose. »

L'idée était risquée, mais si Bergaud, qui n'avait jamais été collé depuis la sixième et qui collectionnait les tableaux d'honneur et les félicitations était dans le coup, on ne risquait rien.

C'est pourquoi le lendemain matin, vers cinq heures et quart, Michel sentit une main sur son épaule. En silence, avec précaution, Bergaud, Damiel, Pons, Arnaudies et Michel quittèrent le dortoir et allèrent s'installer dans une salle de classe du premier étage. D'abord, ils sortirent d'un cartable du pain récupéré la veille au réfectoire et du pâté extrait du caisson contenant les provisions du goûter et mangèrent un bon casse-croûte ; puis, chacun se mit à ses révisions. Pour Michel, les maths où il ne brillait pas, mais il savait qu'en connaissant bien les questions de cours, il partait pour un 8, peut-être 9 sur 10, autant de pris et s'il faisait une ou deux questions du problème, il assurait 12 au moins.

Les questions de cours étaient l'essence même de la notion de bachotage ; on apprenait, entre la physique, la chimie et les maths, soixante sujets bien délimités et décrits sur des fiches et on était à peu près sûrs de tomber dessus au bac puisque trois sujets étaient proposés au choix dans chaque matière. Il n'y avait qu'à se souvenir de son travail de révision. Ce n'était pas plus compliqué que ça et tant pis si parfois on ne savait pas trop ce qu'on écrivait.

Dans la salle de classe un peu froide et le silence pesant de la nuit finissante, les cinq internes avaient apporté leur travail personnel en fonction de l'avancement de leurs révisions, de leurs faiblesses, l'un travaillant sur du latin ou des cartes de géographie, un autre lisant des annales... chacun conscient que la date approchait et qu'il fallait rattraper le temps perdu jadis en chahut ou inattention. Cette étude improvisée était studieuse car volontaire.

L'initiative, hardie, leur donna du courage pour travailler. Ils y voyaient plus qu'une étude supplémentaire ; c'était l'affirmation de leur sérieux, de leur volonté de réussir, guidés par Bergaud à qui brusquement ils s'identifiaient après l'avoir souvent, dans les petites classes, traité de fayot lorsqu'il répondait et demandait à passer au tableau.

À l'entraînement de la paresse et de l'amusement, succédait maintenant une autre attitude, venue presque involontairement, comme ça, de travail et d'envie de réussir, et dont ils tiraient une satisfaction nouvelle, parlant de projets d'après-bac.

Michel avait changé, petit à petit, découvrant qu'il y avait un temps pour les filles ou le foot et un autre pour le travail, se prenant au jeu des résultats, non pour éviter comme avant la rouste promise par son père, mais peut-être tout simplement parce qu'il avait suffisamment fait l'âne dans les petites classes, avec les copains, et que maintenant, s'il avait persisté dans cette attitude, il se serait coupé de ceux qui étaient soucieux de continuer leurs études.

Finies les copies sur les devoirs passés en cachette, de table en table, pendant les études, les impasses savantes entre les appels au tableau, les préparations bâclées pour laisser du temps aux parties de morpion ou à la lecture de *Bibi Fricotin*.

Si la cour de récréation du fond était toujours le lieu privilégié des parties de sauce, le reste du temps, ils allaient par deux ou trois, faisant les cent pas entre le mur du cinéma-théâtre et celui de la rue, discutant gravement, indifférents aux courses des petits qui jouaient aux barres ou à cache-cache autour d'eux.

Bergaud, tout à son engagement politique, commentait les événements, les longues grèves des mineurs du Nord ou le refus des soldats d'embarquer pour l'Algérie.

Damiel, lui, parlait du général De Gaulle que l'on avait laissé partir et qu'il estimait seul capable de diriger le pays. Raisonnements à l'emporte-pièce, parfois naïfs, souvent reflets des mentalités familiales, premières prises de conscience sociale, politique, discussions se terminant parfois par des invectives : « Va donc passer huit jours à la fonderie de l'usine ! tu verras ce que c'est ! — Tu y es allé, toi ? — Non, mais mon oncle en parle souvent. » Et chacun, sachant que cet emportement passager était sans issue, se fâchait trois jours avec son contradicteur puis revenait vers lui car $3x^2 + 5y - 2 = 2y + 3x$... devant être résolu, il avait besoin de l'aide du « gaulliste ».

Leur physique, leur voix, leur façon d'être, de se vêtir, leur comportement social et l'image d'eux-même s'étaient modifiés à l'instar des mentalités.

Pons se laissait pousser la barbe. C'était interdit mais il ne pouvait se raser — disait-il — à cause de son acné. Il cherchait son style qu'il pensa trouver en arrivant un jour avec une pipe qu'il garnissait avec tout un cérémonial lors des rendez-vous habituels derrière la salle de dessin.

Arnaudies, lui, portait cravate en semaine et voulut essayer de se coiffer à la Proust, avec la raie au milieu comme il avait vu sur la photo de l'écrivain en feuilletant son *Larousse*. Mais le Cric le lui interdit, on ne sut jamais pourquoi. Les vieux décidément confondaient tout et ne comprenaient rien !

Michel, depuis son essai avec la frange à la Marlon Brando, était plus prudent dans ses choix, plus quelconque dans sa tenue, surtout lorsqu'il rentrait à la maison.

Qu'ils étaient loin les sixièmes frileux arrivés transis et niais au collège à peine quelques années auparavant.

« Dis, tu te souviens, quand on parlait javanais ? » et en riant de se redire en s'appliquant : « *Quel del guel est dé gué ton don gon nom don gon ?* (Quel est ton nom ?) »

Leur escapade clandestine matinale reprit le lendemain. Chacun avait à son tour apporté quelques provisions pour la petite fringale du lever, et c'est tout naturellement que les pions les virent monter le soir au dortoir avec, sous le bras, leur cartable contenant les affaires nécessaires à leur « étude » matinale.

Cela dura trois jours. À sept heures moins le quart, ils réintégraient le dortoir et un quart d'heure plus tard, faisaient mine de se lever en même temps que tous les autres.

Le quatrième jour, vers 6 heures, la porte de la salle où ils avaient trouvé refuge s'ouvrit soudainement. Aucun bruit n'avait prévenu d'une approche ; aucun craquement de parquet dans le calme absolu du bâtiment. Le Patron se tenait dans l'embrasure, sévère et froid comme d'habitude. Michel était sur son cours d'histoire, Bergaud lisait, les trois autres faisaient des maths dans un silence studieux. De saisissement, personne ne se leva pour saluer, comme c'était la règle, chacun plongeant le nez sur son travail, un peu inquiet.

Sur une table voisine, il y avait les restes de leur casse-croûte, une petite boîte de pâté Le Hénaff et un quignon de pain, quelques miettes... le Patron allait les voir, sévir.

Cette arrivée inopinée, ils la craignaient et la souhaitaient à la fois. Que le Patron se fâche et ils n'auraient plus la liberté de venir travailler, mais, ils espéraient sans trop y croire, qu'il les laisserait continuer. Leur peur du principal, même pour des garçons de dix-sept ans, avait été plus forte que l'envie d'aller demander l'autorisation.

Le Patron ne dit rien, après avoir regardé trois bonnes minutes il referma la porte, et ils entendirent ses pas s'éloigner dans le couloir.

Un soupir de soulagement s'éleva alors et les cinq complices se regardèrent, heureux, pour un peu ils auraient hurlé leur joie. Ils avaient gagné !

En fait — ils le surent plus tard —, dès le premier jour leur absence avait été repérée et si le Patron avait attendu pour intervenir, c'est sans doute qu'il voulait être certain que ces sorties étaient pour travailler et non pour un quelconque amusement. Pouvait-on en douter d'ailleurs ? Qui va donc se lever à cinq heures et quart du matin pour aller chahuter...

L'année se passa. Les vacances de Pâques furent studieuses, le père Roux fut étonné de ce que Michel n'alla pas, comme de coutume, le lundi « faire l'omelette » sur un pré, réunion traditionnelle où se retrouvaient les filles et les garçons du village.

Michel savait maintenant ses cours, sentait une sorte d'impatience, d'envie de faire ses preuves, surtout que sa réputation de chahuteur ne l'avait pas quitté et que Craspec, bien qu'attaché à la surveillance des petits, ne manquait jamais de lui faire une remarque désagréable.

Enfin, le jour tant attendu arriva et tous les candidats au bac du département se retrouvèrent à Poix, logeant pour deux jours dans les hôtels de la ville, certains quittant seuls la maison pour la première fois.

Les élèves se regroupaient par affinités devant le lycée, avec leur sous-main et leur bouteille d'encre Waterman pendant au bout d'une ficelle, empruntés dans des habits neufs, parfois accompagnés de leurs parents venus eux aussi comme craignant sans doute que leur cher petit se perde ou que leur fille soit kidnappée — en réalité de trop au milieu de cette jeunesse qui, ensemble, voulait un dernier moment se refaire le moral et se rassurer.

Pas de manifestations bruyantes. Chacun était déjà à son examen, un peu ému d'être enfin à cet instant si redouté et si attendu à la fois : « On y est ! »

Selon le bac qu'il passait, scientifique, littéraire, selon les options, chaque candidat avait des petits rubans de couleur cousus à l'épaule et les rubans arborés étaient bleus, jaunes, rouges, annonçant la qualité de moderne ou de classique.

Les « Salut vieux, tu mouilles ? » ou des « As-tu bien dormi ? » ironiques ponctuaient les retrouvailles avant l'appel solennel qui allait commencer.

Le salut était convenu, rapide, cachant les mêmes sentiments chez les uns et les autres. On retrouvait son complice, son copain, on partageait avec lui le même instant ; sa présence rassurait, calmait. On prenait conscience de ce que l'on vivait.

Bizarrement, ça sentait la rentrée d'octobre : les habits neufs et propres, l'attente de l'ouverture des portes, le passage de quelques adultes inconnus qui entraient sous le porche du lycée et que l'on regardait comme pour guetter un encouragement ou un conseil. Et puis, il y avait les élèves de Saint-Viron et de Millevoix, venus aussi pour ce rendez-vous départemental de juin et que l'on retrouvait ailleurs que sur un terrain de foot !

Sous des airs fanfarons et apparemment décontractés, on sentait cependant une certaine inquiétude ; le bac ce n'était pas rien après six ans de travail, quatre épreuves écrites puis l'oral pour les meilleurs.

Enfin l'appel, les tables numérotées, l'affolement de ne pas trouver sa carte d'identité glissée dans une autre poche que celle que l'on pensait. Il y avait toujours un petit malheur ici ou là, une bouteille d'encre renversée, une fille qui ne trouvait pas sa salle, un autre qui avait oublié son stylo... tous en fait un peu perdus et comme dans un état second.

Voilà, Michel passa ses épreuves, français, maths, physique et latin, la découverte des sujets, le regard jeté là-bas, à l'autre bout de la salle vers un copain, accompagné d'une grimace signifiant son doute, son ignorance ou sa satisfaction. Et c'était parti.

L'instant était solennel, des adultes inconnus, le cadre inhabituel de ces salles de classe du lycée de Poix. S'y ajoutaient des bruits nouveaux, comme le bruissement des feuilles dans le silence de la salle, les déplacements feutrés des surveillants entre les tables, parfois une règle qui tombait alors que l'on voyait, sur la montre prêtée par le père, le temps qui passait, le moment où on séchait et où le voisin, lui, n'en finissait pas d'écrire et d'écrire ! « Mais que peut-il donc mettre que j'ai oublié ? »

Trois heures, c'est long, inhabituel. On relit enfin. « Tiens, j'ai oublié une date… Comment s'écrit "paralélépipède" ? non... c'est parallélépipède. » On est un peu perdu. Il faut corriger. Ça la fout mal, on doute, on rend la copie — un peu fataliste parfois.

On verra bien.

Puis enfin la sortie, la libération, l'explosion. Il y avait ceux qui étaient déjà dehors, ceux qui faisaient les savants : « Tu as mis ça ?… Et là, combien tu as trouvé ?… Et puis... merde, c'est fait, il faut maintenant penser à autre chose ! »

Le soir du second jour, c'était le bal du bac, mais avant avait lieu le monôme. Dès cinq heures, après la dernière épreuve, les rues de Poix se transformaient alors en scènes étranges au cours desquelles les garçons et les filles laissaient d'un coup échapper toutes les tensions jusqu'alors contenues. Le monôme voyait de longues chenilles se former, chacun tenant par les épaules celui qui était devant lui, tous au pas, chantant : « Formez l'monôme, formez l'monôme, formez… » (*bis*, *ter*, etc.)

Et la chenille allait et venait sur les cours entre les platanes, se disloquait et repartait jusqu'à la statue de Lakanal, l'enfant du pays, le conventionnel promoteur de l'école publique qui, chaque année à la même époque, voyait ses bottes de bronze peintes en rouge.

Saint Anatole n'était pas oublié dans les chants qui partaient des groupes, mais ce jour-là on sentait que la prière était plus vraie que d'habitude.

Les « ennemis » des matches du jeudi étaient de la fête, même ceux de Saint-Varent, qui avaient mis quatre buts à Bergaud deux mois avant — et que l'on avait maudits alors —, s'étaient mêlés au monôme. Les filles de Jeanne d'Arc, les nénettes du collège des sœurs, inaccessibles, que Michel voyait passer les dimanches, en rang, avec leur manteau marine, souliers noirs et socquettes blanches pour aller aux vêpres, se montraient bien différentes, moins oies blanches que ce qui se disait.

Les restaurants de la ville profitaient de l'aubaine et, beaucoup de ceux qui se regroupaient au chef-lieu pour ces deux jours d'épreuves, réservaient également pour le soir un gueuleton entre copains au lieu de rentrer à la maison le jour même.

Puis, à 21 heures, le bal du bac !

Le bal tant attendu, celui dont on parlait souvent, les redoublants décrivant les lieux, les aventures qu'on y vivait, et « les gonzesses » !

Ceux qui se piquaient de conquêtes féminines comme Sagnac ou Piffard, sortaient pour l'occasion leur tenue à la mode, veste en velours côtelé, cravate à fleurs et pantalon à pattes d'éléphant soigneusement repassé bien à plat — comme il se devait — sous le matelas.

La salle des fêtes avait été louée pour la nuit. Les filles y perdaient — disait-on — facilement leur vertu. Pour beaucoup il s'agissait du premier bal où elles se rendaient sans leurs mères, tantes ou grandes sœurs, et là était probablement la raison pour laquelle leur réputation était mise en doute.

Bal pour oublier les semaines de travail, pour oublier le bac lui-même, défoulement général où la licence était de règle, bal qui vengeait de toutes les brimades, les incompréhensions, les punitions, loin des pions et des parents, bal presque symbolique d'un passage qui ferait que les collégiens et lycéens qu'ils étaient encore la veille, tenus au règlement et à la discipline, seraient pour certains dans quelques mois des étudiants libres de leurs gestes.

Ce soir-là, dans le noir de la salle, sous les seuls reflets étoilés de la boule de cristal, les danses étaient presque exclusivement des slows, permettant des flirts dans la pénombre alors que retentissaient des hurlements lorsque revenait la lumière ou que l'orchestre, pour changer, voulait offrir un air plus entraînant. C'était un soir de couples qui se formaient et sortaient discrètement pour se perdre dans la nuit mais aussi, soir de beuveries et parfois de gnons.

On parlait de ces soirées comme d'événements, celle de 1953 ou de 1949 surtout qui s'était terminée en bain de minuit dans la fontaine de la place de la mairie, et on voyait pour la première fois les filles différentes des autres jours, moins réservées, plus naturelles, étonnantes même, car oubliant pour une soirée leur sérieux habituel. Certaines étaient maquillées, rouge aux lèvres et pommettes roses, s'engageant avec fougue dans l'amusement et parfois, un peu trop. Mais qui en voudrait au manque d'habitude pour une petite ivresse passagère…

Les jours qui suivirent furent ceux de l'espoir quand on comparait ses brouillons avec les cours, des inquiétudes lorsqu'on allait les montrer à un prof qui, tout de suite, y trouvait de nombreuses erreurs.

L'envie de commencer à préparer l'oral occupait les plus courageux alors que les autres allaient au bord de la rivière prendre des bains de soleil. Lazerges avait sorti son vélo de course. Il ne le sortait qu'à cette période de l'année, début juillet, en même temps que se déroulait le Tour de France et allait, en tenue de cycliste, lire sur le panneau installé à la terrasse du café des Sports les résultats de l'étape du jour.

On aurait bien voulu commencer les vacances mais il fallait attendre encore une semaine.

Et puis le résultat tomba un matin, à la lecture de *La Dépêche du Midi* indiquant la liste des admis à aller à l'oral. Michel y figurait ainsi que Damiel, Pons, Bergaud bien sûr, toute l'équipe était passée, ou presque.

Maintenant, pensait-il, même s'il était collé, il avait réussi l'essentiel. Avoir l'écrit, c'était avoir fait ses preuves, pouvoir, le cas échéant, redoubler sans honte. Mais en attendant, pendant trois jours encore, il travailla son anglais afin d'être tranquille pour les vacances et de s'éviter le souci de préparer la session de septembre.

Il fallait aller à Toulouse pour l'oral. Quatre-vingts kilomètres, c'était loin.

Un voisin se proposa pour faire le taxi. Il avait une Monaquatre de 1938, une voiture surannée que Michel voyait passer de temps à autre avec ironie maintenant que les voitures s'appelaient 203, Vedette, Aronde, toutes modernes et rapides. C'est donc dans cet équipage sans gloire qu'il se retrouva un matin de juillet au lycée Pierre de Fermat, loin de ses habitudes et connaissances, laissant son père et leur voisin dans un café, brusquement apeuré d'avoir à affronter les épreuves.

Heureusement, dans un couloir il rencontra Trois *x* au carré, et à sa grande surprise, Richard, ce prof réputé distant et même dédaigneux, le conduisit vers son jury, lui souhaitant bonne chance, ce qui le réconforta un peu.

Mais, le petit paysan timide avait changé. Plus sûr de lui, plus opportuniste aussi, la première épreuve le mit en confiance.

En français, il tira *La mort du loup*.

Les tirades et l'exemple de son prof de français lui revinrent alors à l'esprit. Au moment de l'interrogation, pris d'une inspiration subite, sans que rien ne lui fût demandé, il ferma le livre et commença à réciter, sentencieusement, comme témoin de la scène : « Les nuages couraient sous la lune enflammée... »

La prof femme qui était devant lui (c'était la première fois qu'il était en face d'une prof femme) posa son stylo, se pencha en arrière sur son dossier pour écouter ce grand gaillard un peu boutonneux, l'air gauche, la raie gominée, la cravate mal ficelée, les manches de veste trop courtes laissant dépasser deux mains carrées marquées par les quelques travaux des champs qu'il effectuait, qui lui récitait Vigny de tout son cœur.

Elle parut satisfaite, posa deux petites questions, n'insista pas.

Mais le ton était donné, Michel avait vu le regard de la prof, avait compris que ça avait marché. Il passa les autres épreuves dans une certaine euphorie, presque avec un sentiment de victoire, sauf évidemment en maths où il oublia de mettre une valeur au carré.

Mention AB. Il avait une mention !

Le Craspec, paraît-il, faillit en faire une crise. Le père Roux pleura : son fils était le premier de la famille à avoir le baccalauréat. Le maire vint le lendemain pour le féliciter.

Le soir des résultats, veille de la distribution des prix du collège, ils furent quelques copains à se retrouver autour d'une table, à Saviers, au quartier de l'étang, dans un boui-boui où, pour 6 francs, ils eurent des frites graisseuses, une tranche de viande trop cuite et un morceau de fromage. C'était leur « premier restaurant ». Ce fut un repas de rois, le monde était à eux, Bergaud paya une bouteille de vin, chacun fit des projets.

Après la terminale, Bergaud préparerait une licence de lettres, Michel ferait prof de gym (l'Œuf lui avait passé le virus). Damiel, lui, n'attendait pas et partait instituteur dans la région parisienne dès septembre, son premier bac lui suffisant. Ses parents étaient âgés et il devait au plus tôt travailler.

Birebent, qui depuis longtemps ne jouait plus aux billes, prenait la suite de son père croque-mort. Souvent déjà, certains matins, il manquait la classe. Les autres avaient appris que leur copain, en costume gris foncé, menait les cortèges au cimetière. C'était l'époque où on faisait encore des enterrements en ville, à travers les rues depuis la maison du défunt.

À la fin du repas, Pons avait sorti sa blague à tabac, sa pipe, la bourrait lentement selon un cérémonial bien réglé, puis l'alluma avec application et se pencha un peu en arrière sur le dossier de sa chaise. Pour un peu, se disait Michel, il l'aurait bien vu roter comme le faisaient quelques vieux au café du village.

Un sentiment bizarre le saisit : serait-ce qu'eux aussi, maintenant, allaient à leur tour devenir des « vieux », des PPPH, des adultes comme ceux dont ils refusaient depuis toujours les décisions ?

« Les cons ont encore frappé » pensa-t-il en se demandant si un jour on parlerait d'eux ainsi !

Pons, sa pipe et déjà ses habitudes... Bergaud sérieux et féroce dans ses jugements, plaisantant rarement, déjà mûr pour ses dix-sept ans et son engagement politique précoce… Birebent bourgeois en devenir, croque-mort ça ne devait pas être gai tous les jours... Damiel instituteur, lui non plus ne serait pas marrant, lui qui avait toujours refusé d'entonner les chants à boire en revenant des matches... Des vieux ! on va devenir des vieux, pensait-il. Mais l'instant était trop euphorique pour le gâcher par cette pensée.

Ils étaient heureux en effet de commencer leur dernière année avant de quitter le collège. Par contre ils ne savaient pas que se terminait la période la plus facile de leur vie, celle de l'insouciance, celle où un rien amuse, où tout est pardonné même si les baffes et les insultes n'étaient pas toujours bonnes à prendre.

Finies les études durant lesquelles Sagnac ferait semblant de soulever sa table en bandant, où le *Gaffiot* manquerait de peu d'écraser la tête du Cric et où les criquets chantaient pour affoler le pion.

Finis les dortoirs avec les lits en portefeuille et les draps mouillés d'un verre d'eau (« Il a pissé ce cochon ! »), les parlotes dans un coin jusque tard dans la nuit, comme ça, pour le plaisir de faire quelque chose de défendu — car pour parler on en avait assez le temps à longueur de journée. Fini aussi le poste à galène dont ne sut jamais s'il avait vraiment fonctionné.

« Tu te souviens, Roux, de la fois où tu avais levé une fille et que le Patron t'avait convoqué ? c'était en troisième, je crois... qui c'était la fille ? »

Michel raconta alors l'entrevue au « cabinet » et l'explication devant le Patron de MBBSTBA qui figurait sur l'enveloppe.

« T'as eu de la chance, car Piffard, lui, mettait MBBSTCA ! »

Michel en eut les oreilles qui rougirent à l'idée qu'il lui aurait fallu dire : « ... sur ton cul adoré » et tous de rire et plaisanter.

Comme la vie était belle, le premier bac en poche !

# XII

## Expériences inédites

« T'AS PAS un peu de Cologne ? »

Pons passa le flacon à Michel qui humecta un peu ses mains et se tapota les joues fraîchement rasées.

Il voulait se faire beau ; c'est que cet après-midi, il allait « furer ». Sa « fure » était une petite brune qu'il avait rencontrée le dimanche précédent en allant faire un tour au bal du quartier des minimes, avant de rejoindre l'internat.

La fille était comme on disait « bonniche ». Le terme n'était pas pris péjorativement, mais témoignait seulement d'un classement social immédiat aux yeux des collégiens pour qui, à Saviers, il y avait les filles du collège et... les autres.

Depuis quelques mois, Michel fréquentait les bals, essayant un peu maladroitement de mettre en pratique les leçons de danse de Piffard, apprises laborieusement au collège.

Le Patron avait en effet décidé — tout arrive — de donner une salle aux grands. Appelée « foyer », c'était une salle de classe désaffectée, au fond du couloir du premier et un mot nouveau était apparu, « autodiscipline », ce qui faisait que Bergaud, l'inévitable caution de sérieux, ordre et travail, responsable de la tenue des lieux, y avait gagné le grade d'adjudant de quartier — comme l'avait baptisé Destrem.

Des jeux avaient été achetés, échecs, dames, jeux de l'oie (là tous avaient rigolé... jeux de l'oie à dix-sept ans !) et un interne avait même apporté un vieux poste de TSF qui, lui, contrairement à la galène de Blazy, débitait sans se faire prier la musique souhaitée. Délaissant les échecs — et même la belote —, tous s'entraînaient à danser, mais la TSF était capricieuse et les périodes d'occupation du foyer ne coïncidaient pas systématiquement avec un programme musical adéquat.

Ils s'adaptèrent et prenant une chaise en guise de cavalière :

« Et non... con ! c'est le bras gauche que tu as en avant. Avec le droit tu tiens la fille ! »

Avec la chaise bien positionnée, Piffard expliquait le glissement des pas du slow, le mouvement de rotation, les appuis, tout ce qui pouvait apporter une certaine assurance à des gestes et attitudes qui, bien souvent, faute de musique, se déroulaient sous le refrain de chansons célèbres qu'ils reprenaient en chœur :

*« J'attendrai........ ton retour*
*le jour et la nuit j'attendrai toujours*
*ton rrrrrrretour »*

à moins que ce ne soit le langoureux :

*« Vous qui passez sans me voir*
*sans même me dire bonsoir*
*laissez-moi ce soir*
*un peu d'espoir. »*

Les rengaines de Rina Ketty ou de Jean Sablon, les chanteurs préférés de leurs vieux, étaient bien utiles faute de mieux, à moins que l'exercice ne se fasse au rythme d'un de ces refrains à la mode que tous reprenaient avec entrain en entamant une marche, plus facile à réaliser :

*« La plus sage du village, mais qui est-ce donc, c'est... Rose-Marie car elle est leur id... idé... idéal... » (bis)*

Et le vieux parquet craquait sous les allers retours bien cadencés.

Et tous, avec un sérieux et une application que n'aurait pas démentis l'Œuf en gym, ils allaient et venaient, glissant les pieds, leur chaise de bois bien en main, même si le comique de la situation laissait parfois exploser quelques fous rires comme lorsque Delpech faisait mine d'embrasser le dossier qu'il tenait devant sa figure ou remarquait que sa cavalière « avait les jambes fines ».

N'empêche que ces soirs-là, à l'abri des regards indiscrets, ils faisaient leurs premiers pas de jeunes hommes. « Si tu veux réussir — disait-on — il te faut savoir nager, danser et jouer au bridge ! »

Pour la samba, c'était simple, un pied en avant, un pied en arrière et on recommençait :

*« Une riche étrangère*
*voulant revoir Paris*
*fit le tour de la terre*
*pour arriver ici. »*

Pour le reste, on verrait plus tard, l'essentiel, quand on était au dancing ou sur une place de village pour la fête locale, était de ne pas laisser passer les slows, faciles et permettant de douces étreintes ou bien les tangos non moins intéressants.

Michel était assidu à ces séances car il avait ressenti, quelques mois auparavant, à la fête du village, une honte suprême, celle de s'être engagé sur la place après avoir invité une fille et avoir cafouillé lamentablement, marchant à contre-sens, raide dans ses gestes, empoté de ses bras, n'épargnant pas les pieds de sa cavalière, et cette danse qui n'en finissait pas... et tout le monde qui, sur le bord de la piste, le regardait, lui semblait-il, en se moquant.

Dans la pénombre du dancing, lorsque les lumières s'éteignaient et laissaient la place au globe lumineux, que ses éclats brillants tournaient, donnant au décor une sensation de mystère, que la cavalière permettait un peu au garçon de la serrer plus fort et de pencher sa tête contre la sienne, le bonheur était à son comble. On fermait les yeux comme pour mieux engranger la sensation du corps chaud suivant le sien, sensation que l'on essayerait de retrouver lorsqu'on y penserait le soir dans son lit d'internat, tout en sachant, un peu déconfit, que la fille, elle, était dehors, et peut-être encore au bal avec un autre...

On se remémorait alors les odeurs, la moiteur d'une main, et la première fois qu'on avait découvert le corps de la fille se raidir à l'occasion de quelque geste maladroit, ou plus ou moins volontaire. « Au tango, quand tu repars, tu plies un peu la jambe en avant entre ses genoux. Tu verras… » avait décrété Piffard que tous écoutaient avec envie lorsqu'il parlait de ses expériences.

De temps à autre, lorsqu'un geste avait été un peu osé, on entendait : « Non mais, ça va pas ! » d'une fille agacée ou indignée ; parfois même une gifle partait sous les regards et les rires alentour. Mais, le garçon était alors généralement grillé auprès de toutes. Connaissant ce genre de réactions, le cavalier faisait attention et agissait avec circonspection.

Ah ! toucher avec sa main droite, posée entre les omoplates de sa cavalière, le relief des boutons et des bretelles de son soutien-gorge, avoir une joue chaude contre sa joue donnait à l'instant une valeur inimaginable, permettait une découverte merveilleuse !

Il fallait être bon danseur, un peu imaginatif, pas trop cependant, ne pas être banal dans la conversation qui s'engageait à voix basse, un peu menteur, un peu modeste, se placer pour espérer proposer, lorsque la danse serait terminée, que la suivante soit réservée.

Avec l'expérience, Michel apprit à discerner, d'après le choix des instruments par les musiciens, quel type de danse allait suivre. Le bandonéon préparait le tango, le violon, la valse et là, on avait le temps d'aller pisser ou boire un coup, car la valse, c'était compliqué, ça faisait tourner la tête et puis c'était pour les filles, d'ailleurs elles la dansaient toujours entre elles.

Alors quand les musiciens changeaient d'instrument, on guettait et sans attendre, dès que commençaient les premières mesures, on « attaquait », en se levant de suite de sa place, mais pas trop vite pour traverser la piste et aller inviter.

« Vous dansez, mademoiselle ? »

Le refus, c'était souvent la catastrophe car il fallait revenir vers une autre fille qui serait peut-être vexée de n'avoir pas été choisie en premier ou qui serait déjà prise.

On ratait le tango ou bien il fallait inviter la grosse, là-bas sur son banc, qui faisait tapisserie depuis plus d'une heure, quitte à ce qu'un copain, un peu salaud, s'approche pendant la danse, avec sa cavalière et, juste en passant à côté, glisse quelques mots, sur le ton de la confidence : « N'ayez pas peur, mademoiselle, s'il a quelque chose de dur dans sa poche de pantalon, c'est sa pipe et son briquet ! » et de rigoler en s'éloignant alors que la grosse rougirait.

Au bal, il y avait les caïds, ceux qui avaient les filles qu'ils voulaient, qui, de leur place, à peine levés, d'un geste de la main, faisaient venir la belle blonde du fond, là-bas, puis lui passant la main sous la veste sans hésitation, engageaient une danse plutôt chaude.

Michel n'osa jamais. C'est vrai qu'il n'avait pas — comme c'était alors le summum du chic — les cheveux ramenés en arrière, avec un cran vers le haut et, sur les côtés, arrangés, bien gominés et gonflants au-dessus des oreilles, ni de veste en velours côtelé avec une cravate à grosses fleurs ni de pantalon à pattes d'éléphant qui cachait les chaussures.

Mais surtout, pour avoir du succès, il fallait pouvoir payer des sodas et posséder une Vespa.

Pour tout le collège, il y avait quatre heureux possesseurs de cet engin à la mode, les autres roulaient à bicyclette toute l'année.

Le rêve de tous : la Vespa ! ou le Lambretta à la rigueur. Lorsqu'un de leurs propriétaires arrivait à la terrasse du quartier général, au café de la place, on n'avait d'yeux que pour la machine, et la discussion, interminablement, tournait autour de la stabilité de la première qui ayant le moteur sur le côté rendait son équilibre précaire alors que le Lambretta, avec son moteur central, était plus sûr.

« Oui, mais la Vespa est plus nerveuse ! »

Michel se disait que, s'il devait en avoir un, l'un ou l'autre lui conviendrait. Il ne ferait pas le difficile.

Parfois, on voyait un de ces scooters démarrer en trombe, une fille sur le tansad, accrochée au conducteur qui partait pour une destination inconnue mais que tous supposaient être quelque lieu discret — moyen plus romantique et plus confortable pour la fille que lorsque le garçon l'installait entre ses bras, assise en travers du cadre de son vélo comme beaucoup faisaient lorsqu'ils allaient jusqu'à la sablière le long du canal ou dans les buissons derrière le stade, endroits habituels des rencontres champêtres.

Mariette, une fille que Michel aurait bien voulu accrocher, n'avait d'yeux que pour un de ces bolides et tarabustant sans cesse leurs propriétaires, faisait tout son possible pour aller faire un tour. Desbois l'emmena un jour et revint seul déclarant l'avoir déposée sur le bord de la route, en pleine campagne, à cinq ou six kilomètres, la laissant rentrer à pied pour lui donner une leçon. On le crut et longtemps la fille ne comprit pas les allusions ironiques concernant son escapade en Vespa, car en réalité elle avait été tout simplement ramenée chez elle.

Dulast, lui, avait trouvé dans la remise de son père une pétrolette d'avant-guerre, noire, sale et toute huileuse. Il l'avait péniblement remise en marche, avait récuré les cuivres du phare et des manettes et, dans un bruit d'enfer et une fumée de locomotive, faisait des tours de ville à peut-être vingt kilomètres à l'heure ponctués de temps à autre de pétarades retentissantes car la carburation était précaire. Quand il arrivait au café et que les tables de la terrasse étaient garnies de copains, les plaisanteries fusaient sur la vétusté de la machine. Se répandait alors une odeur d'huile chaude et d'essence que la pompe de cuivre laissait échapper au sol sous le moteur avant que le conducteur, après s'être arrêté, ait manœuvré le robinet situé sous le réservoir. Le démarrage était problématique, nécessitait la mise en place au bon endroit de commandes diverses suivies de nombreuses pressions sur le bouton pour appeler l'essence et de multiples coups de kick devaient se succéder avant que le moteur commence à tousser.

La pétrolette démarrait enfin, Dulast gardait les pieds de chaque côté pour tenir l'équilibre, l'engin zigzaguait avant de s'éloigner, enveloppé de nuages de fumée, accompagné des rires et des hourras de l'assistance qui s'amusait autant des procédures de mise en route que de cette machine passée de mode.

« Les cons frappèrent encore ! »

L'expression ressortait et, cette fois-ci, prenait tout son sens : après la suppression des « orgies » du jeudi après-midi, c'était la pétrolette qui gênait le bourgeois.

« Les cons frappèrent encore ! »

En effet, rapidement, après quelques passages remarqués rue Nationale, quelques désordres bruyants à la terrasse du café *Chez Belci* et le fait que Dulast, pris par la vitesse et la médiocrité du freinage, finit un jour sa course dans un étal de légumes, son père fut prévenu des soi-disant excès de vitesse de son fils, du danger qu'il faisait courir... et la pétrolette fut confisquée.

Après la halte chez le correspondant, l'étape suivante lors des sorties du jeudi était donc le café de la place où tous avaient leurs habitudes.

« On se retrouve au commerce ! » était la phrase rituelle. Le commerce, annexe du collège. Le café possédait, en plus d'un gérant compréhensif car il connaissait la modicité de la bourse des élèves, un cadre adéquat à sa fréquentation par des jeunes.

Il était central, pas trop loin du bahut. Les rideaux installés à ses vitres cachaient l'intérieur aux passants de la rue, et dans la salle, de hautes banquettes ménageaient des endroits discrets. Les tables du fond à gauche étaient réservées pour les belotes interminables avec un piquet Dubo Dubon Dubonnet, l'occupation d'après-midi entières lorsqu'il pleuvait. Quand un copain arrivait et venait s'installer près des joueurs, il regardait de loin le garçon de café et d'un signe de tête lui indiquait s'il voulait ou non une consommation. C'était souvent non et l'autre n'insistait pas. L'argent de poche était rare et les sodas ou diabolos partagés en frères.

Le baby-foot trônait au fond à droite, à côté de la petite porte menant aux W-C, mais aussi au couloir que l'on pouvait emprunter pour sortir par-derrière dans une ruelle si quelque vieux non souhaité entrait.

Ces nouvelles activités changèrent le caractère et l'attitude de Michel. Finis les farces et les amusements de polisson, les bêtises simplistes qui visaient pions et profs. Il faisait désormais partie de ceux qui intriguaient les petits par leurs conciliabules, leur tenue, les racontars que l'on brodait sur leurs sorties en ville, bien loin des préoccupations des plus jeunes pour lesquels c'était encore l'âge des bonbons et des jeux de gamins.

Il était maintenant « grand ». Il l'était devenu sans s'en douter malgré son âge et la classe qu'il fréquentait. Il s'en aperçut un jour, dans la cour, alors que, assis au pied d'un mur, il fumait en discutant avec un copain et qu'un petit s'approchant lui glissa discrètement sans s'arrêter : « Pet, pet... » Michel éteignit spontanément sa cigarette sous sa semelle et se retournant l'air de rien, vit que Craspec arrivait.

Michel comprit également que le règlement, dès lors qu'on n'exagérait pas trop, était devenu plus coulant, les pions moins exigeants, les répétiteurs compréhensifs — même le Cric qu'il dominait maintenant en taille, malgré son maintien toujours raide et son air de coq en bataille.

Les profs eux-mêmes semblaient différents dans leurs comportements.

Michel, mis à part l'Œuf — le seul auquel il envoyait toujours ses vœux de nouvel an —, avait été, dès son entrée en première, particulièrement influencé par le prof d'histoire qui venait d'arriver.

Plus jeune que les autres, ce prof était certes lui aussi en costume, tenue obligatoire semblait-il, mais lui ne portait pas de cravate, avait l'air plus décontracté que ses collègues, s'asseyait sur le coin de son bureau pour faire classe, à une table d'élèves parfois. Mais surtout, il tenait un langage nouveau, interrompant ses cours, non pas comme l'autre pour des passes de muleta, mais pour ouvrir un journal, lire un article politique ou de société et engager une discussion en laissant tout le monde s'exprimer. Il donnait à ses cours une vie et un intérêt qu'aucun des élèves n'avait pu imaginer. Les élèves écoutaient les arguments que maladroitement, souvent empreints encore des avis paternels, des contraintes de leur éducation ou d'interdits religieux, ils commencèrent à développer, dévoilant leurs idées et peut-être leur future orientation d'adulte.

Lorsque l'un d'entre eux émettait une opinion sur un sujet, il lui était demandé s'il voulait faire un exposé et, pour la première fois — ce fut Bergaud qui commença bien sûr — on vit un élève s'asseoir au bureau à la place du prof, lire sa préparation puis répondre aux questions. Tous, se prenant au jeu d'une pédagogie nouvelle, participative qui leur donnait des responsabilités et le droit à la parole, voulurent tour à tour préparer des exposés.

Tous badaient cet enseignant, travaillaient pour ne pas le décevoir et Michel se disait que c'était là un adulte comme il en faudrait beaucoup ; il allait même à ses cours avec plaisir.

Ce prof descendait parfois dans la cour pendant la récréation (jamais on n'avait vu cela), s'accoudait à la balustrade, regardait la sauce qui opposait les terminales aux autres classes, et lorsqu'un jour un élève lui fit signe de venir participer au jeu, il posa sa veste, retroussa le bas de son pantalon et ma foi sans maladresse, termina la partie.

On ne l'y revit plus.

« Les cons ont encore frappé ! »

Birebent imita le Patron et, sa bouche en cul-de-poule, susurra avec un petit zozotement :

« Mon zeune ami, il n'est pas convenable et zérieux qu'un professeur ze laisse aller à de tels zeux ! »

On supposa en effet que le principal avait certainement jugé cette participation déplacée et lui avait fait des remarques.

Il n'en laissa rien paraître, continua ses cours avec autant de désinvolture et d'apparente facilité, mais à la fin de l'année refusa de prononcer le discours solennel de la distribution des prix, discours traditionnellement préparé par un « nouveau ».

Ah ! la distribution des prix !

Heureuse matinée qui précédait le départ en vacances. « La Très Grande Fuite Finale » comme on disait alors, celle de la liberté... TGF 36... TGF 35, l'ardoise posée sur l'embrasure d'une fenêtre qui égrenait chaque jour l'approche du bac donnait par la même occasion à tous ce compte à rebours si attendu.

La distribution des prix était le point d'orgue de l'année scolaire.

Ce matin-là, les profs arrivaient en toge noire, leur étole de fourrure sur les épaules. Le principal, lui, avait une étole rouge, les autres étaient blanches. Dans cette tenue, tous semblaient gênés sous le regard ironique des élèves.

Le prof de maths, Trois *x* au carré, arborait une médaille gagnée pendant la guerre et donc suivait immédiatement le principal pour le départ vers la salle du théâtre municipal. Derrière, venait un élève

« méritant » portant fièrement la bannière du collège en velours mité, décorée aux armes de la ville brodées en lettres d'or. Puis suivaient les classes. D'abord les petits endimanchés et tout propres, les nouveaux de sixième qui, gauches et curieux, allaient pour la première fois assister à la cérémonie, ensuite, les moyens et tout derrière les grands avec, eux aussi, leur tenue de sortie mais rechignant à suivre en rangs malgré les injonctions des pions.

Enfin, c'était la salle du théâtre municipal, tout le décorum, le palmier habituel, déplumé et poussiéreux, sorti pour l'occasion de la serre du jardin pour orner la scène où s'installaient les autorités, le maire, des présidents, la directrice du collège voisin avec son chapeau à voilette, face aux élèves et à leurs parents.

Arrivait le moment du discours prononcé par un prof plus ou moins volontaire désigné, pensum pédant auquel beaucoup ne comprenaient rien, émaillé de citations et d'allusions savantes qui se voulaient la marque, de la part de l'orateur, d'une recherche personnelle destinée à montrer son savoir et parfois son humour.

La salle était attentive, même si ça durait souvent beaucoup trop longtemps ; puis on passait à la distribution des prix.

Le Cric faisait office d'appariteur, annonçant les noms des lauréats, d'abord ceux des prix spéciaux offerts par la ville (au meilleur élève en mathématiques), par l'association des anciens élèves (à l'élève le plus méritant), par des personnalités... dont il citait les noms (premier prix de dessin d'art, offert par la papeterie *Le Crayon d'or*) ou (premier prix d'histoire, offert par l'Association des amis du vieux Saviers) et puis c'était le tour des prix habituels, en premier les prix d'excellence, les félicitations, le palmarès du bac...

Les parents, entassés derrière les élèves ainsi qu'au balcon et dans les loges, se rengorgeant à l'avance si leur rejeton devait rafler deux ou trois prix et si leur nom était cité. Alors, beau comme un sou neuf, l'air emplumé et bien sage, le récipiendaire irait chercher son lot de livres qu'un des messieurs de l'estrade lui remettrait solennellement en lui glissant quelques mots à l'oreille — souvent assortis, pour les petits, d'une bise sur la joue.

« C'est là qu'on s'aperçoit, déclara une fois Bergaud (qui bien que bon élève n'en était pas moins féroce) que l'usage du dentifrice n'est pas encore très répandu ! » Et il en savait quelque chose, lui qui une année fut appelé sept fois sur la scène — sans jamais en tomber, contrairement à Sartin qui, son livre à la main, tout ébloui par les lumières et la tête lui tournant sans doute un peu de voir tant de monde à ses pieds, loupa une marche en redescendant.

« Le con est encore tombé ! » entendit-on d'une des travées.

À chaque remise les applaudissements retentissaient et les parents enviaient ceux de Bergaud, ce jeune homme si doué et travailleur, à l'air si docile, qu'ils auraient bien voulu comme fils... Qu'est-ce qu'ils auraient déchanté, ces bourgeois imbus de leur importance, s'ils avaient su que Bergaud, dès l'année de ses dix-sept ans, avait pris sa carte des jeunesses communistes et avait signé ses premières pétitions contre la guerre d'Algérie.

Comme d'habitude Michel avait le prix de gymnastique qu'il allait chercher, tout heureux de son nouveau livre rouge et or avec, sur un papier, son nom écrit en grosse ronde. Il était fier bien qu'il sût que ce prix n'était pas aussi prestigieux que celui de mathématiques ou ceux que le Cric annonçait toujours avec emphase « prix de rhétorique de la classe de première, lettres classiques... » comme s'il s'était agi d'un prix Nobel.

Ainsi, trois heures durant on distribuait prix et accessits. La pile de livres s'amenuisait ; on sentait venir la fin de la séance et enfin le Patron se levait pour une allocution au cours de laquelle il félicitait les lauréats, remerciait les autorités et souhaitait de bonnes vacances à tout le monde.

La cérémonie terminée, les parents se retrouvaient sur la place, les chapeaux se levaient pour des saluts et des compliments réciproques sur les résultats des rejetons étaient échangés non sans parfois quelque ironie ou envie selon les prix obtenus. Puis tout ce beau monde disparaissait jusqu'à l'année suivante — car au collège on ne voyait jamais les parents (sauf pour des cas graves) — et c'était seulement à cette occasion que l'on pouvait constater que la mère de Destrem était « vachement belle », et puis celle de Tichadou : « T'as vu ce décolleté et ces nichons ! » Là Birebent faisait mine de se pâmer, se tenait à ses voisins : « Retenez-moi, retenez-moi ou je fais un malheur… » Tous riaient non sans lorgner eux aussi, plus ou moins discrètement, sur le décolleté de la femme, laquelle, pas dupe de l'émoi provoqué dans le groupe de tous ces garçons, minaudait, recevait les salutations d'autres parents, souriant avant de disparaître, laissant aux copains l'avant-goût d'un monde troublant et encore inconnu.

« Salut vieux. À plus tard ! »

Quelques automobiles repartaient déjà vers les villages des alentours, emportant le trousseau déménagé de la lingerie, les caissons, celui du goûter, crasseux et évidemment maculé de graisse et, celui de l'étude dont on avait précautionneusement ôté tout ce qui aurait pu tomber entre les mains des parents (bouquins de cul, lettres des « poules », quelques recueils de blagues...), en un mot tout ce qui tendait à participer à l'éducation de chacun... enfin, celle qui était vraiment la plus intéressante !

Pour deux mois et demi…, la TGF séparait les copains, vidait le café de la place le jeudi après-midi.

Pour deux mois et demi... jusqu'au 1er octobre, oubliés les parties de sauce dans la cour, les exploits du SCOS, le méritoire et si important sporting-club olympique de Saviers, et la soupe du soir dans les assiettes aux ébréchures noires d'un usage ancien.

La place du théâtre se trouvait tout à coup déserte mis à part quelques élèves ici et là, soudain tout perdus, attendant encore leurs parents en retard.

Restaient également ceux qui ne repartiraient que le soir avec l'autobus, passant l'après-midi le ventre creux — pas de repas à midi, la pension était fermée —, traînant leur valise bourrée de linge sale, essayant, pour les plus délurés, d'aller jusqu'au pont de la sortie de la ville, sur la nationale, faire du stop pour éviter l'attente ou bien parce qu'il ne leur restait plus d'argent pour payer le transport.

Une année se terminait. La rentrée semblait d'un coup si lointaine !

# XIII

## La TGF

La TGF, le départ en vacances, la Très Grande Fuite... c'était pour les internes le retour à la maison. Là, les loisirs étaient divers et, selon les métiers des parents, c'était plutôt « d'occupations » qu'il fallait parler.

Michel était le plus souvent employé pour des travaux agricoles, garder les vaches en fin d'après-midi, aider aux champs à une époque où les bras étaient encore, dans les petites exploitations, les outils les plus employés, accompagner pour mener une bête à la foire du vendredi ou, plus pénible, aller faner avec sa mère. Faner était un travail de femme, dans la chaleur de l'après-midi, inlassablement, à la fourche soulever et soulever encore l'herbe couchée en rangs par la faux, avant de recommencer pour former les andains.

Le dos meurtri, les jambes molles, le soir à la fraîche Michel allait enfin s'asseoir sous les platanes du mail, y retrouvait Ernest le mécanicien aux ongles cernés de cambouis. Il y avait également Victor, aîné de quatre enfants, à peine quinze ans, orphelin de père. Aidé parfois d'un oncle, il était devenu l'homme de la maison, labourant, hersant, semant, partageant avec d'autres les travaux collectifs qui permettaient de pallier une main-d'œuvre familiale trop restreinte.

À ce moment-là, Michel se rendait compte des différences entre sa situation et celle de ceux qui étaient restés, avec le certif, en apprentissage ou aux champs, ceux qui tous les matins depuis leur quatorzième année se levaient six jours sur sept à cinq heures et par tous les temps partaient sur un chantier, à vélo, musette sur le dos, maçons, couvreurs, garçons de ferme... les plus chanceux menuisiers, etc., plus au chaud l'hiver dans les ateliers, mais tous vite marqués par leur nouvelle vie.

Plus que leurs tenues de travail qu'ils ne quittaient qu'en fin de semaine, plus que leurs mains gercées l'hiver, blessées d'entailles ou de cals, c'était leur mentalité qui l'étonnait : discussions faites de banalités, rires gras et remarques grossières, attitude mentale différente car si au collège il ne fallait souvent pas se formaliser des propos de certains, des remarques qualifiant quelque adulte ou la nourriture... Ici, Michel était parfois gêné par ce qu'il entendait.

Il ne retrouvait plus ses copains de la communale comme avant à l'époque de l'école primaire lorsque les jeudis ou pendant les grandes vacances, ils passaient des journées entières au bord de l'Arget, une canne à la main pour pêcher la petite rabote qu'ensuite sa mère faisait frire avec un peu d'ail, ou bien, aux beaux jours pour pêcher des truites à la main, sous les pierres, sortir sa prise de l'eau avec fierté, pour l'exploit d'abord et ensuite pour avoir transgressé la loi. Il y avait alors, aussi, les cache-cache, les farces innocentes, toute une vie de jeune, faite de liberté, d'insouciance, de journées de balades dans les champs et les prés avec les cueillettes de mûres le long des haies et, même, au bois de Fournoux, de longues après-midi à quatre pattes à la recherche de fraises des bois qu'ils rapportaient ensuite à la maison, se servant de leur béret comme pochon.

Les copains étaient devenus sérieux, lui semblait-il ; ils riaient certes, mais pas comme avant, sauf les samedis soir lorsqu'ils oubliaient les contraintes du travail.

En été en effet, tous les samedis soir il y avait une fête de village aux alentours. Ils évitaient Cabaniac à cause des bagarres mais leurs destinations préférées étaient d'abord la Mouline, puis Ganac, Brassac,

Labastide, Verniole et chaque fois ils montaient une véritable expédition pour se rendre sur place, à dix ou douze kilomètres afin d'être arrivés à neuf heures précises, heure rituelle où « l'orchestre » — généralement quatre musiciens — attaquait le premier paso doble de la soirée. Il leur fallait être à l'heure pour avoir la possibilité de trouver une « fure » pas trop surveillée, pas « en mains » non plus, que l'on pourrait inviter et réinviter et, si ça marchait, pas besoin d'aller bien loin pour un flirt, la première prairie était à cent mètres, là-bas derrière l'église ; alors, il ne fallait pas louper l'autobus qui ramassait la jeunesse de village en village.

Les bals du samedi soir, c'était aussi l'occasion pour Michel de mettre en pratique les apprentissages des pas de danse répétés au foyer du collège, mais ici la cavalière était bien vivante et il fallait savoir choisir entre une attitude trop timide et une autre plus « chaude » qui risquait de choquer.

Avant, lui avait dit sa mère, les filles et les gars faisaient les trajets à pied, dans la nuit, groupes chantant et riant, suivis des mères et tantes qui servaient de chaperons, car il n'était pas alors question de laisser les filles sortir seules. Ensuite, à minuit, tout le monde repartait, faisant le chemin de retour en se pressant car le lendemain, pour beaucoup, dès six heures du matin, ce seraient les tâches ménagères, les corvées de la ferme, la traite, les travaux des champs...

Michel aimait ces fêtes de village, cette odeur de poussière soulevée par les danseurs sur la place, même si, de temps à autre, le vent apportait aussi une odeur de tas de fumier.

Un feu d'artifice était parfois programmé et les vieux, assis sur les bancs ou les chaises de la buvette installée là pour l'occasion, rythmaient les mesures en tapant sur le sol avec leur canne. Les parents eux aussi dansaient. Les lampions éclairaient maigrement la fête, la commune n'était pas riche. Tout le monde s'amusait bien, même si parfois, quelque ivrogne s'en prenant à son voisin, on entendait une gueulante. Ils se bousculaient un peu pour ne pas perdre la face mais se réconciliaient aussitôt devant un verre de rouge car la buvette était bien achalandée... il fait si chaud l'été !

D'un samedi à l'autre, les fêtes se succédaient, attendues avec impatience car la semaine était longue, pour ceux qui travaillaient mais aussi pour ceux qui restaient oisifs, traînant ici et là un tour de vélo, une baignade parfois, souvent désœuvrés, une belote au café pour couper la journée, regardant ensuite passer les voitures, depuis la terrasse, envieux de ceux qui étaient « partis en vacances ».

Le père Roux trouvait souvent une besogne pour occuper Michel, moins pour le travail lui-même que pour lui éviter de rester inactif. L'été il y a toujours des choses à faire, qui ne pressent pas, qui sont en train depuis longtemps souvent et qu'à l'occasion on entreprend de terminer. Ranger au grenier, débarrasser d'une grange les vieux outils ne servant plus et qu'un ferrailleur de passage achètera au poids, brûler du vieux foin qui a pris l'humidité ou même aller fagoter.

Parfois, c'était la mère qui le réquisitionnait pour l'aider à faire des conserves de fruits ou des confitures. L'après-midi passait lentement lorsque, assis sur un banc, il entreprenait de dénoyauter un grand panier de cerises, gardant ensuite les doigts tachés de rouge pour le reste de la semaine. C'était toujours à ce moment qu'un copain arrivait pour l'inviter à aller faire un tour à vélo ou qu'on avait prévu un rendez-vous dans un coin tranquille pour fumer une clope ou faire une farce au vieux Gaston. Quand Michel échappait aux corvées, il retrouvait les copains sous les platanes de la place et, selon la mode du moment, ils allaient faire un match de foot au stade (en fait quelques tirs), ou des parties de baby-foot au café, cachant en douce un mouchoir dans le tiroir des buts afin de récupérer les balles avant qu'elles ne disparaissent et ainsi faire durer les parties plus longtemps. Le patron n'était pas dupe mais l'après-midi ils étaient les seuls clients.

Il y avait aussi la chasse.

La chasse à la fronde était une occupation importante pour les gamins du village. Tous avaient leur fronde, soigneusement cachée pour éviter les confiscations parentales. Ils l'avait fabriquée eux-mêmes, amoureusement montée d'un manche de lilas, l'essence aux fourches les plus régulières, de deux languettes de caoutchouc découpées dans une chambre à air de motocyclette, choisie avec soin, car trop épaisses elles auraient été peu pratiques, trop molles, peu efficaces. L'engin était enfin terminé à l'aide d'un morceau de cuir dont on faisait le petit sac où se plaçait la pierre.

Mais avant de l'utiliser, il fallait l'essayer contre un tronc d'arbre, dans une mare ou sur quelque chat qui passait par là.

Pour les munitions, chacun avait sa technique ; Pibouleau faisait du « plomb » en écrasant au marteau de vieux tuyaux de lavabo ; Denjean prenait des billes dont la forme régulière permettait une meilleure prise en main, ce qui donna l'idée à Ernest de faucher les billes de roulement à son patron.

Ces « munitions » étaient spéciales et soi-disant réservées pour le cas où on trouverait une cible importante. Mais la plupart du temps, après s'être donné rendez-vous à la fontaine, l'équipe de trois ou quatre partait, en silence, marchant précautionneusement pour ne pas effaroucher les moineaux, le long des haies de chemins creux, suivant en réalité les volées qui, à chaque approche, s'éloignaient de quelques dizaines de mètres. Ainsi la traque durait, se terminant souvent dans un pailler, là où, attirés par les restes de grains, les oiseaux venaient pour déjeuner.

Lorsque des ordures avaient été jetées dans la carrière abandonnée près de la sortie du village, ils allaient s'installer derrière le cabanon où rouillait l'ancien concasseur et c'était l'attente — qui pouvait durer — mais constituait un des sels de la chasse et permettait de voir courir les rats qui pullulaient dans ce dépotoir. Les tirer était considéré comme un exploit.

Alors, un beau « plomb » préparé, l'engin bien en main, on visait longuement mais le rat, rarement atteint, décampait sous les monceaux de déchets qui jonchaient le sol.

Un jour, Ernest eut plus de chance et le rat, ramené fièrement au village comme un trophée, finit dans le seau d'eau de Mélanie, la vieille peste qui caftait aux parents tout ce qu'elle voyait, cachée derrière le rideau de sa fenêtre.

Pour les vacances, chaque année, revenaient les « Parisiens » (tous ceux qui n'étaient pas du village mais qui y venaient en vacances étaient dits Parisiens), habitués des lieux car enfants ou petits-enfants de ceux qui, avec l'exode rural, avaient quitté le travail à la ferme pour devenir en ville fonctionnaire ou ouvrier.

Tout de suite repérés — surtout les filles —, intégrés facilement au groupe car à cet âge-là on n'a pas de préjugés, participant eux aussi aux pêches interdites ou aux expéditions vers les cerisiers un peu éloignés. Par contre, on se moquait de leur accent pointu (« ils parlent la bouche en cul-de-poule... ») et de leurs maladresses lorsqu'il s'agissait de traverser la rivière sur un tronc d'arbre couché ou de monter à une échelle pour aller discuter en secret, dans un fenil, bien à l'abri du regard des vieux, se raconter des craques et rigoler en buvant une limonade.

Ces Parisiens, toujours peureux de s'engager pour quelque « expédition » ; ne sachant pas passer une haie d'épines sans s'y faire une estafilade au genou, y laisser une culotte déchirée ; étonnés de tout, d'un chien collé à une chienne, de l'œuf trouvé dans un nid de foin et que l'on gobait comme ça après en avoir percé la coquille avec la pointe de la lame de l'Opinel.

Leurs après-midi se terminaient souvent par une engueulade ou bien une fessée pour les plus jeunes.

Le temps passait, les journées se suivaient, on oubliait ce que l'on avait fait la veille. On ne savait plus quand Esquirol était tombé dans l'eau ou quand le père Anselme avait chassé tous les gamins de l'équipe qui, l'un après l'autre, montaient sur son âne.

Par contre, Michel se souvenait du jour où, avec un air de conspirateur, et sur le ton de la confidence, Cassagne, dit « Filou », avait proposé un truc terrible : « Mais attention les gars, on la ferme ! »

Et Filou les avait emmenés au bout du village, près de la maison qu'avait achetée une Parisienne, la « créature » disaient certains, supposant le pire d'une femme habitant seule, mais surtout jaloux de la voir conduire son automobile, une Celta 4, alors qu'au village, seul le maire, le maquignon, le médecin et le plus gros propriétaire du coin, le baron, en possédaient une.

Filou écarta quelques ronces, poussa la porte vermoulue de la maison en ruines qui jouxtait la propriété de la parisienne et les conduisit à l'étage, recommandant encore le silence. D'une fenêtre aux volets entr'ouverts on dominait la terrasse de la maison voisine et là ils virent, comme dans un rêve, un corps blanc, nu, seule la tête disparaissant sous un grand chapeau de toile. La femme prenait un bain de soleil. Tous retenaient leur souffle, le regard intensément posé sur cette découverte, puis se regardèrent comme pour mieux, par leurs mimiques, leurs gestes de la main, communiquer leur stupéfaction, regardèrent encore et, comme pris d'un remords ou de la crainte d'être surpris, repartirent sans bruit.

Quelques maisons plus loin, ils laissèrent éclater leurs sentiments :

« Putain, con ! t'as vu la femme ! »

Filou, plus pragmatique, les calma :

« On ne dit rien ; on ne revient pas. Cette maison en ruines est à mon oncle : si vous y êtes surpris, c'est moi qui dérouillerai. »

Et ainsi, de jour en jour, se forgeaient les histoires de vacances, celles dont on raconterait les péripéties, en brodant un peu, aux copains qui, eux, étaient partis à la plage... car il y en avait qui partaient, les moins veinards avec leurs vieux, à Hossegor par exemple, dont le nom seul faisait rêver ceux qui, à quinze ans ou plus, n'avaient jamais vu la mer.

Vagols était de ceux-là et, une année, la famille emmena avec elle, aux « bains de mer » comme on disait, un correspondant espagnol.

Au retour de leur séjour, Vagols ne put s'empêcher de raconter les avatars de son correspondant. Ce dernier, habitué aux plages espagnoles, hommes d'un côté et femmes de l'autre, passa le plus clair de son temps couché sur le ventre ; la vue de tous ces corps féminins, de ces cuisses et épaules nues, des bikinis, lui faisait un effet tellement évident que lorsqu'il se levait pour aller nager ou disputer une partie de volley, on le voyait s'arranger discrètement pour que son émoi ne soit pas trop apparent.

Tous rirent à l'évocation de cette gêne mais beaucoup enviaient les vacanciers, car à quinze ans ils n'avaient pratiquement jamais voyagé.

Les plus nombreux à partir allaient en colonie.

Dès le lendemain de la TGF du collège, c'était le départ pour la colo. Valise faite, pour les plus petits une étiquette portant leur nom suspendue au cou, c'étaient le bonheur de monter dans les autobus — souvent pour la seule occasion de l'année —, la découverte des camps de toiles de tentes venant des surplus américains, les réfectoires en plein air, les lavabos rustiques pour des ablutions à l'eau froide, mais aussi les promenades, les jeux de piste, la baignade par équipes de dix avec les monos, dans l'eau jusqu'à la poitrine, tenant une corde de sécurité tendue entre eux. Sous une tente, le « réfectoire », sol en terre, assiettes en fer blanc et couverts surannés et c'était de bon appétit, malgré parfois un peu de sable dans les nouilles, que les colons attaquaient leurs repas, avant de participer à la corvée de vaisselle ou au lavage à l'eau de Javel des grands plateaux de bois blanc servant de tables.

L'après-midi débutait invariablement par une sieste obligatoire d'une heure.

Il y avait bien eu quelques pleurs au départ, mais les gamins étaient heureux de se retrouver là, dépaysés, formant des clans, de petites bandes, pour des parties de cache-cache interminables, indiens contre cow-boys, engrangeant des expériences de vie en commun, de convivialité.

Vers la fin du séjour, ils préparaient la soirée d'adieux : montage de sketches, chants, pantomimes éculées car reprises d'année en année par des générations de colons.

Même en vacances, on pensait au collège.

La TGF était différente pour chacun, studieuse, hélas, pour ceux qui avaient un examen en octobre afin de passer dans la classe supérieure ou pour ceux dont les parents, soucieux à l'extrême, les obligeaient à faire des devoirs de vacances, pensum quotidien tous les matins de dix à douze et surtout, mais alors là c'était la catastrophe, lorsque le curé était mobilisé pour des leçons de latin.

À cette corvée magistrale n'avait pu échapper la fille du docteur, cette pimbêche de Catherine que tous appelaient Cacahuète et qui, son petit cartable à la main, partait chez l'abbé réciter ses déclinaisons, méprisant les petits bouseux rigolards et si mal élevés. « Maman, ils se moquent de moi quand je passe… »

Les foins étaient terminés depuis longtemps ; on avait commencé le dépiquage des meules de gerbes de blé, les raisins rosissaient dans le vignoble voisin, les premières poires étaient mûres, le soleil était moins chaud... « Ça sent le roussi », se disait Michel en regardant à la vitrine de l'épicerie, à côté des boîtes de conserves et de la morue salée, un tas de cahiers, de trousses et de dictionnaires prêts à la vente pour la prochaine rentrée.

À la maison, sa mère commençait à entasser des piles de vêtements repassés, ravaudés, sur un lit inoccupé ; elle l'appelait pour essayer un pantalon dont elle devait rallonger les jambes, ou une chemise dont il fallait reculer le bouton du col. Tout ce qui était trop petit était rangé dans l'armoire. On ne jetait rien, même ce qui était déchiré était gardé puis découpé en carrés pour faire des chiffons.

La rentrée approchait. Elle était attendue, espérée même, inconsciemment, car elle allait permettre de reconstituer le peuple des potaches, de reprendre les habitudes, l'emploi du temps, le bonheur des sorties du jeudi, les matches de foot et surtout, raconter ses exploits aux copains qui seraient éblouis — Michel n'en doutait pas !

En effet, derrière la salle de dessin, la clope passant de main en main pendant que le petit de service faisait le pet, d'un air de conspirateur, ménageant le plus possible le suspense, Michel dévoilait au fur et à mesure les détails de « l'apparition » :

« Alors, con, en regardant un peu à travers le volet, on a vu une femme à poil, mais, toute à poil !

— Même le cul ?

— Tout, je te dis, elle était couchée, les bras relevés de chaque côté de la tête » et de montrer en prenant la pose.

Ils écoutaient, attentifs, car à cette époque, au collège, même parmi les grands, peu pouvaient se vanter d'une telle occasion.

C'était bien la quatrième fois qu'il racontait. Les autres étaient aussi soucieux de bien imaginer la scène en engrangeant les détails, que de prendre éventuellement le conteur en flagrant délit de mensonge pour peu qu'il dévie de son récit d'une fois sur l'autre.

Ça... c'était un souvenir de vacances !

Alors, Birebent, qui était revenu tout fier avec ses photos de paquebot à quai, il pouvait aller se faire voir...

# XIV

## Le temps des regrets et des souvenirs

Michel quitta le village, la région même, fit sa vie ailleurs mais revenait pour les vacances, passait à Saviers revoir les rues et le café de la place, la table même, au fond à gauche, où s'étaient déroulées de mémorables belotes, mais ce n'était plus Belci le gérant.

Puis les tables furent modernisées, les banquettes changées... Le cadre lui était devenu indifférent, alors, il tournait autour du collège, mettant sur chaque fenêtre, sur chaque pierre, un souvenir, revoyant parfois les premières années après son départ un prof ou Craspec — qu'il trouva vieilli et lamentable — le plaignant presque après l'avoir honni des années durant, et un jour, au bulldozer on démolit le collège.

Il était trop vieux, trop insalubre, trop inadapté aux nouvelles méthodes d'enseignement. L'ancien monastère fut remplacé sur les lieux mêmes par un bâtiment moderne, grande barre de béton froide et sans âme.

Finis les laboratoires du Colco qui sentaient le $SH_2$ à longueur d'année, où glougloutait en permanence la cornue qui produisait de l'eau déminéralisée dont on ne sut jamais à quel usage elle était destinée.

Finis aussi les longs couloirs propices aux cache-cache, le grenier où on allait débusquer les chauves-souris, la cave dont on menaçait les nouveaux lors des bizutages et le mur du fond de la cour aux marches discrètement taillées entre les moellons, si pratiques lors des expéditions nocturnes.

Le dortoir qui sentait la pisse et l'eau de Javel fut remplacé par de petites chambres à quatre places, chauffées et dotées de douches. Ne serait-ce que par ce simple changement, tout un pan de la tradition collégienne disparut tout d'un coup, rendant la mémoire indispensable pour faire revivre une période qui semblerait de plus en plus inimaginable à l'heure des normes européennes, des contraintes sanitaires et des droits des élèves qui, jamais au grand jamais, ne pourraient supporter insultes, coups, punitions et l'enfermement pour des dimanches à la suite.

Michel vit changer la société. Il vit aussi changer les élèves, leurs libertés, leur autonomie. Il vit surtout les filles en pantalon, elles qu'il n'avait jamais connues qu'en robe ou jupe bien sage, les cheveux tenus en cadenettes ou tirés en arrière sous un ruban, portant blouse rose une semaine, bleue la semaine suivante, prisonnières de la famille et des interdits, se cachant pour tout et punies pour des riens. Combien il enviait les garçons d'aujourd'hui, pensant qu'à leur âge il devait ruser, attendre, convaincre, souvent sans autre espoir qu'un petit flirt furtif, longuement espéré dans un coin de porche dont on était ensuite si heureux et si fier.

Souvent, il vient à la porte du collège, voir après les cours sortir le flot des externes, le nombre de motos et cyclomoteurs — son rêve de jadis — maintenant à la portée de tous, même des filles ! Ces dernières sont désormais habillées court alors qu'il les avait connues avec, sur la roue arrière de leur vélo, un filet pour empêcher les jupes de se prendre dans les rayons, et pédalant, les jours de vent, une main sur l'ourlet de leur robe pour cacher leurs genoux.

C'est sans crainte de réprimandes que maintenant, dès leur arrivée sur le trottoir, elles allument une cigarette, alors que lui avait tant de fois laissé briquet et paquet de clopes dans un trou de mur ou sur le réservoir de la chasse dans les W.-C. de peur d'une fouille au corps, en terminale compris.

Le milieu des jeunes a changé, et tout comme les terres paternelles qui ne sont plus travaillées avec des vaches attelées au joug, l'école a vu arriver d'autres mœurs pour s'ouvrir à un monde nouveau et plus libre.

Cette liberté, qui est dans l'ordre des choses, combien l'envie-t-il. Mais il se demande également parfois si elle leur sera aussi chère qu'elle l'était à ceux qui ne l'ont eue qu'après en avoir été privés, s'ils garderont eux aussi de leur collège un souvenir ému et nostalgique comme du temps où on jouait au plus malin avec le règlement, où toute victoire sur les vieux était une avancée vers la responsabilité, vers l'âge adulte.

À son époque, il n'y avait pas de rave-party mais le « salon », avec canapé dans le hangar du jardin de Dulast les jeudis après-midi, sans alcool ou autre produit, permettait des moments de bonheur extrême, et les exercices de danse avec une chaise dans une minable salle désaffectée laissaient des souvenirs inoubliables... En sera-t-il désormais de même des samedis soir en boîte ?

Pour Michel et ses copains, leur collège était porteur de progrès, d'émancipation, d'apprentissage de la vie. Ce lieu était respecté malgré les « coups » et les bêtises. Jamais il n'y eut de dégradations, de casses et seuls les plateaux de bois des tables recevaient, par les gravures et les dessins, la manifestation de révolte, les besoins d'expression des élèves, leurs moqueries envers le Cric ou le Craspec ou bien le travail artistique de Birebent pour sa collection de transatlantiques dont il était si fier.

Un prof s'appelait Frappais. Bergaud avait écrit : « Frappais = toc toc ».

Tout était dans ce graffiti, l'astuce, la finesse, mais également la discrétion… le jugement et la satisfaction d'avoir su épingler celui qui n'était pas toujours très juste dans ses décisions.

On voit maintenant des tags. Michel apprend qu'il existe des agressions de profs, que même leurs voitures sont incendiées. L'obéissance à laquelle ils étaient tenus avait érigé des barrières entre ce qui était faisable et ce qui n'était même pas pensable. Il se rappela même qu'une fois, après la séance de cinéma de l'après-midi, une fille l'avait emmené dans une rue écartée pour flirter un moment. Ils s'étaient réfugiés dans une des voitures garées au bord du trottoir. Aucune d'entre elles, malgré la nuit déjà tombée ce jour d'hiver, n'était fermée à clefs. En repartant, ils avaient refermé la portière sans avoir imaginé un seul instant regarder dans la boîte à gants ou voler quoi que ce soit. La voiture, c'était sacré et cet hébergement passager était sans conséquence. Combien de fois n'a-t-il pas ensuite, sortant du cinéma vers minuit, prolongé la soirée sur un de ces canapés d'occasion qu'offrait la banquette arrière des voitures... La 4 CV était étroite, la 203 plus confortable ; le summum était de trouver une Vedette mais pas une vieille Traction dont la vétusté et l'odeur d'huile froide n'étaient pas appréciées. Jamais au matin un seul propriétaire ne s'était aperçu de ces intrusions ; jamais un élève du collège ne fut convoqué à la police ; jamais un seul ne fut arrêté — sauf peut-être un soir pour un éclairage de vélo défaillant.

À part Gustin qui avait eu droit à ce placard important sur un des murs de la cour, en lettres énormes au goudron « GUSTIN AU CABANON », lui qui passait parfois pour fou et que les graffitis vengeurs sur les tables invitaient à se faire interner à l'asile, il n'y eut jamais de dégradations ; sauf une, c'est vrai, bien connue, pas bien méchante apposée sur un des murs du dortoir des grands une année — ce devait être en 1954 ou 1955 — lorsque l'équipe junior de foot avait gagné la coupe départementale.

L'exploit fut immortalisé par une inscription au crayon papier entre deux fenêtres. Michel s'en souvenait. Il y avait là la composition de l'équipe et surtout la liste des remplaçants :

*CHAMPIONNAT DÉPARTEMENTAL,*
*COUPE DE L'OSSU JUNIOR FOOT*
*l'équipe :*
*Goal DULAST*
*arrières BELPECH, BIREBENT, SAGNAC*
*dits « la Taupe », « Piffard », « Malabar »*
*Demis DESTREM, BERGAUD*

*Inters BARTHÉLEMY, ALBIECH*
*Ailiers ROUX VAGOLS*
*dit « le Libraire » (le loueur d'illustrés)*

*Avant-centre MASSAT*
*dit « le Benêt »*
*Entraîneur DASPAUD dit « l'Œuf »*
*Coupeur de citrons SARTIN*
*Masseuse Martine CAROL*
*Remplaçants KOPA, UJLAKI, CISOWSKI, FONTAINE, MARCHE,*

et quelques autres noms de l'équipe de France de l'époque que Michel avait oubliés.

C'était un de ces souvenirs que les copains se racontaient lors de rencontres quelques décennies plus tard, avec dans les yeux un petit regard ironique et complice, celui du temps où ils étaient « adeptes de saint Anatole ».

# Table des matières

## Chez le même éditeur

# ROMANS ET RÉCITS DU TERROIR

Les romans et récits du terroir font vivre la mémoire collective à travers l'histoire d'une famille ou d'un village de nos régions. Ils permettent au lecteur de retrouver les souvenirs de sa jeunesse ou de reconstituer une tranche de vie de ses aïeuls. Les destinées se croisent, les sentiments se mêlent et nous offrent une saga vivante, témoignage précieux en ce début de siècle.

*Le Pays oublié*, Jean Anglade
*Le Milhar aux guignes*, Alain Aucouturier
*Le Dénicheur d'enfance*, Alain Aucouturier
*La Mère-Nuit*, Alain Aucouturier
*Aux innocents les mains pleines*, Alain Aucouturier
*Le Besacier*, Alain Aucouturier
*Le Bon Dieu dans les orties*, Alain Aucouturier
*Le Village perdu*, Noël Aujoulat
*Le Prix de la terre*, Georges Barthomeuf et Roger Rouzaire
*La Fille de la meunière*, Adrien Bobèche
*Les Coulées douces*, Christian Bormann
*La Pierre au mercier*, Maurice Bouchet
*Le Chêne foudroyé*, Maurice Bouchet
*Le Printemps d'Antonia*, Josette Boudou
*Les Grillons du fournil*, Josette Boudou
*La Maison d'école*, Josette Boudou
*Le Mur de la destinée*, Josette Boudou
*Quatre sons de cloche*, Geneviève Callerot
*Les Cinq Filles du Grand-Barrail*, Geneviève Callerot
*Treize grains de maïs*, Geneviève Callerot
*Les Chemins d'orgueil*, Marie Nicole Cappeau
*Le Blé germe en hiver*, Marie Nicole Cappeau
*La Mule blanche*, Marie Nicole Cappeau
*Le Loup du Marais*, Anne-Marie Castelain
*Les Promesses du haut pays*, Maurice Chalayer
*La Paix des collines*, Maurice Chalayer
*Ardéchois Cœur Fidèle*, Jean Chatenet et Jean Cosmos
*Les Classes creuses*, François Cognéras
*La Mémoire engloutie,* François Cognéras
*La Dictée*, Jean Cosmos
*L'Odeur des noisettes*, Gilbert Dalet
*La Brûlure des pierres*, Gérard de Négri
*L'Enfant Oublié*, Marie de Palet
*Les Terres bleues*, Marie de Palet

*La Demoiselle*, Marie de Palet
*Retour à la terre*, Marie de Palet
*La Fleur de sang*, Anthonie Delauze
*Le Chant du Diable*, Jean-Marc Dété
*Le Grand Domaine*, Claude Dravaine
*Terre-Dieu*, Bernard Farinelli
*La Demoiselle du presbytère*, Yvette Frontenac
*La Croix du Mèze*, Maurice Gautier et Fernand Raynaud
*La Méprise*, Yveline Gimbert
*L'Ombre des chênes*, Yveline Gimbert
*Drôle de moisson*, Roger Judenne
*L'Arbre à pain*, Christian Laborie
*Le Chemin des larmes*, Christian Laborie
*L'Appel des drailles*, Christian Laborie
*Le P'tit Louis de la Loge*, Suzanne Lavisse-Serre
*Traîne-misère*, Georges Laz
*Les Vendanges de Lison*, Philippe Lemaire
*Années vertes, années noires*, Jacques Mallouet
*Japperenard*, Jacques Mallouet
*Le Soleil de Monédière*, Antonin Malroux
*L'Héritage trahi*, Yves Michelin
*Michel, Marius, Marie et les autres...*, Raymond Morge
*La Pierre levée*, Paul Perrève
*Tustou et Marie*, Jacques Pince
*Les Premiers Sillons*, Jacques Pince
*Les Blouses grises*, Jacques Pince
*L'Œil du vivier*, Bernadette Puijalon
*Le Moulin des retrouvailles*, Bernadette Puijalon
*Marie des solitudes*, François-Paul Raynal
*Le Sac à musique*, Georges Rey
*Les Gens de la Vallée*, Georges Ribes
*Des monts de Résistance*, Florence Roche
*La Terre des Coteaux*, Pierre Sabourin
*Le Bonheur selon Félisse*, Jean-Marc Soyez
*La Vigne à Saint-Romain*, Jean-Marc Soyez
*Les Feuilles du pêcher*, Paule Valette
*Un jour d'orage*, Jean-Pierre Védrines
*Les Lentilles vertes*, Henri-Antoine Verdier
*Mémoires d'un papi auvergnat**, Henri-Antoine Verdier
*Mémoires d'un papi auvergnat***, Henri-Antoine Verdier
*La Fille du bénitier*, Henri-Antoine Verdier
*Les Roses de l'hiver*, Claude Vincent
*La Servante*, Louis-Olivier Vitté
*L'Enfant de la rivière*, Louis-Olivier Vitté
*La vallée des illusions*, Louis-Olivier Vitté